マスキュリニティで読む 21 世紀アメリカ映画

國友万裕

英宝社

CONTENTS

マスキュリニティで読む 21 世紀アメリカ映画

序文　オリエンテーション

　2014 年 9 月 20 日、『美女と野獣』（ビル・コンドン監督・2017）などで日本でも人気の高い女優のエマ・ワトソンは次のように国連スピーチで呼びかけました。長くなりますが、あえて全文を引用したいと思います。（https://www.buzzfeed.com/jp/eimiyamamitsu/emma-watson-heforshe-speech）

　今日、「HeForShe」というキャンペーンを発表します。
　みなさんに呼びかけている理由は、みなさんの助けが必要だからです。私たちは男女差別を終わらせたく、そのためにはみなさんが関わらなければなりません。
　このキャンペーンは、国連としては初めての試みです。できるだけ多くの男性、男子に刺激を与え、ジェンダー平等を呼びかけてもらいたいのです。私たちはただ単に話すだけではなく、実現させたいのです。
　6 ヶ月前に UN Women 親善大使に選任されました。フェミニズムについて語れば語るほど、女性の権利を主張することが男性嫌悪に繋がってしまうことが問題であるとひしひしと感じています。この現象を終わらせ、世の中の意識を変える必要があります。
　実際、フェミニズムは「男性も女性も平等の権利と機会を持つべきという信念、そして性別による政治的、経済的そして社会的平等の理論」という定義なのです。

　ずっと昔から、性別に基づいた疑問を感じるようになりました。8歳のときに、「偉そうにいばっている」と言われ困惑しました。親たちに見せる芝居を、私が仕切ろうとしたからです。しかし男子だと、そう呼ばれませんでした。

　14歳のときには、私は一部のメディアによって性的対象化されるようになりました。

　15歳のとき、私の女友達はスポーツをやめるようになりました。筋肉質になるのが嫌だったから。

　そして18歳になると、私の男友達は自分たちの気持ちを表現できなくなってしまいました。

　フェミニストであると決断した私にとって、フェミニズムは難しくない話だと思っていました。ところが最近調べてみたら、フェミニズムは人気のない言葉になっていたのです。

　女性たちは、自分がフェミニストではないと言っているのです。どうやら私は、表現が過激で、攻撃的で、孤立させるようで、男を嫌う魅力のない女性として分類されているようです。

　なぜ、フェミニズムという言葉は不快なものになってしまったのでしょうか？

　イギリスで生まれた私は、男性と同じ賃金を女性がもらえるのは正しいことだと考えています。

　自分の体について、自分自身で決められるのは正しいことだと考えています。自分の国で、私を代表する女性たちが政策や意思決定に参加できるのは正しいことだと考えています。

　男性と同様に女性も社会的に尊重されるのは正しいことだと考えています。

　しかし悲しいことに、すべての女性がこのような権利をもつ

国は、この世界にはひとつもありません。

この世界には、ジェンダー平等を達成したと言える国は存在しません。

これらの権利は、人権だと考えています。

しかし、私は恵まれています。本当に人生で恩恵を受けてきました。

両親は私が娘として生まれてきたからといって、与える愛情の量が減ったことはありません。学校は、私が女子だからといって制約しませんでした。私に助言してくれた人たちは、私がいつか子どもを産むかもしれないからといって、これ以上何もできないとは考えませんでした。

このような人々こそが今日の私を作り上げてくれた、ジェンダー平等の大使なのです。

気づいていないかもしれません。しかし、この人たちは無意識にフェミニストとして世界を変えていっているのです。そして、もっとこのような人々が必要なのです。

そしてそれでも、まだこのフェミニストという言葉が嫌いな場合――大事なのは言葉自体ではなく、その背景にある考えや思いなのです。

なぜなら、私が与えられている権利をすべての女性が受けているわけではないからです。統計的に見ても、ほんのわずかの女性しか享受していないのです。

1995年に、ヒラリー・クリントンは北京で女性の権利についてスピーチをしました。悲しいことに、彼女が変えようとした多くのことは、今でもなお達成されていません。

しかし、最も衝撃的だったのは、この会議に参加していた男

性が３割以下だったことです。女性のみが話し合いに参加している状況で、どうやって世界に変化の影響を与えることができるのでしょう？

　男性のみなさん。この場を借りて、みなさんを正式にご招待します。

　男女平等は、男性のみなさんの課題でもあるのです。

　なぜかというと、私は母と同じく父の存在が大事だったのにもかかわらず、今日まで父は親としての役割を軽んじられるのを目にしてきました。

　精神病に苦しんでいても、「男らしくない」と見られることを恐れて助けを求めることができない若い男性を見てきました。イギリスでは、20歳から49歳男性の最大の死因は、自殺なのです。交通事故、ガン、そして冠状動脈心疾患を上回っています。

　男の成功という歪んだ意識によって、男性が傷つきやすく、不安定になっていくのを見てきました。男性も、平等の恩恵を受けているわけではないのです。

　男という固定概念に囚われている男性について、話すことは多くありません。しかし、私には固定概念を押し付けられていることが見えます。彼らが固定概念から自由になれば、自然と女性にも変化が起きるのです。

　もし、男性として認められるために男性が攻撃的になる必要がなければ、女性が服従的になるのを強いられることはないでしょう。もし、男性がコントロールする必要がなければ、女性はコントロールされることはないでしょう。

　男性も女性も、繊細でいられる自由、強くいられる自由があ

るべきです。今こそ、対立した二つの考えではなく、広範囲な視点で性別を捉える時です。

　私たちが私たちではないものでお互いを定義するのをやめて、ありのままの自分として定義し始めたら、私たちはもっと自由になれるのです。これが、「HeForShe」そのものなのです。自由であることなのです。

　男性にも、この責任を引き受けてほしいのです。彼らの娘が、姉妹が、そして母親が偏見から自由になれるように、そして彼らの息子も傷つくことが許される人間でいられるように。

　彼らが手放したこの一部を取り戻すことで、もっと自分らしく完全な自分でいられるようにです。

　「ハリー・ポッターの女の子が何を言っている？」と思っているかもしれません。「国連の壇上で何をしている？」と。良い質問です。自分自身にも同じことを問いかけています。ただわかっていることは、この問題を重要だと思っていることです。そして私はより良くしたいのです。

　私がこれまで見てきたことを、この与えられた機会に発言することが使命だと思います。イギリスの政治家、エドマンド・バークはこう言いました。「悪が勝利するために必要なたった一つのことは、善良な男性と女性が何もしないことである」。

　このスピーチをするにあたって、不安や迷いが湧き上がったとき、自分自身に堅く言い聞かせました。

　私でなければ、誰がやるの？ 今やらなければ、いつ？

　もしみなさんも、機会を与えられて自分を疑うような場面に出合ったら、この言葉が役に立てばと思います。

　なぜなら現実として、私たちが今もし何もしなければ、女性

が男性と同量の仕事をして同じ賃金をもらうのに、75 年もかかるのです。私は 100 歳になってしまいます。

　1550 万人もの女子は、これからの 16 年で子どもの間に結婚させられます。そして、現状だと、アフリカの農村部のすべての女子は中等教育を受けるようになるには 2086 年までかかってしまうのです。

　もしみなさんが平等を信じているならば、みなさんは、先ほど話した無意識のフェミニストなのかもしれません。

　そんなみなさんを賞賛します。

　私たちは、分かち合えるような言葉を見つけられていません。しかし、嬉しいことに、私たちには一つになれる運動があるのです。「HeForShe」と呼びます。

　みなさんに、一歩前を進むようお招きします。見えるように。聞こえるように。「彼女」のための「彼」であるように。

　そして、自分に問いかけてみてください。自分でなければ、誰がやるの？今やらなければ、いつ？

　ありがとうございました。

　ワトソンはこのスピーチで、**フェミニスト**（女権拡張論者）として女性の地位向上を訴えつつも、「男性問題」にも同等に言及しています。いい時代になったなあと思います。男性解放運動は、アメリカでは 1970 年代からすでに始まっています。日本でも 1990 年代くらいから存在しているのですが、これまで大きく日の目を見ることはなかったように思います。彼女のような人気女優がこの問題を国連で訴えたことは、これからは男性の**ジェンダー**（社会的・文化的性）の問題も考えるときが

来ていることを世界に伝えるのに大きく貢献したように思えるのです。

　10年くらい前のことです。

　私の教え子のある男子学生が相談に来ました。その子は「男性学」に関心を持っていて、私に話を聞いて欲しいというのです。

　「僕はずっと男女平等じゃないと思っていました。大学に入る前の学校の頃、いつだって男子にだけ体罰。僕の友達なんかは先生から殴られて鼓膜が破れたんです。でも、そのことは問題にされることはなかった。それとプールの着替えの時に男子は廊下で着替えさせられるんですよ。あれも不快だった。」

　その男子学生は体育系のマッチョ君で、繊細な子には見えないし、女の子と付き合えないようなタイプでもありません。こういうタイプの子でも、こういう悩みを持って生きてきたのだなあと意外な気持ちになったものです。

　この子だけではありません。他にも何人か私に打ち明けてきた学生はいます。

　5年ほど前、学食で食事をしていると私のクラスのある男子学生が近づいてきて、「中学の時の体育祭の時に男子全員上半身裸で競技をやらされて、あれがすごく嫌でした。しかも、『ウォー』とか言わされるんです。僕はサッカーやっていたけど、友達の中にはガリガリの体の子もいて、気の毒だった。なぜ、裸にならなきゃいけないのかと思いました」と訴えてきました。

　あるいは2年ほど前、「電車の中に痴漢はいるから女性専用

9

車両があるのは仕方がないけど、なぜ、あんないい場所に作るのかがわからないんです。もっと端っこの方にするとかそういう配慮をしたらどうなんだと思うんですよね」と授業中に話してくれた男子学生もいました。

　「男性差別」と言っても、真剣に考えたことがない人が多いと思うのですが、あるブログ（https://blog.goo.ne.jp/nikkoh-gn）によると次のような男性差別が挙げられています。

１．生命が軽んじられていること（危険な仕事への従事，徴兵等）
２．犠牲や我慢を強いられること（救助での優先順位，レディファースト等）
３．体力的に女性より高水準であることを期待されること
４．経済的に女性より高水準であることを期待されること
５．物理的／精神的暴力やハラスメントの被害男性が救済されづらいこと
６．性的羞恥心を軽視 or 無視されること（更衣室が無い，裸の強制等）
７．法律や制度の不均衡があること（父子家庭や寡夫の扱い等）
８．自動的に〈加害者〉認定されて排除されること（女性専用○○等）

　こういう状況は全く変わっていないわけではありません。体罰や男子の羞恥心を認めないような教育は昔に比べれば減っています。

　しかし、なんとなく男性であることに居心地が悪いと思って

いる男性は多いのではないでしょうか。女性専用車両や映画の
レディースデー、あるいはプリクラには男性だけでは入れない
など女性に配慮したサービスはたくさんあるのに男性限定の
サービスはほとんどありません。女性問題は至る所で取り上げ
られますが、男性問題なんてほとんど聞かない。

　じゃあ、女性よりも男性の方が悩みがないのかというと決し
てそんなことはなくて、むしろ自殺や心の病、引きこもりや不
登校などははるかに男性の方が多いですし、いじめも過酷ない
じめを受けるのは大概は男の子です。日本は女性の社会参画が
欧米に比べて遅れていることがしばしば問題になりますが、そ
の一方で女性の方が男性よりも幸せ度は高いというデータも発
表されています。

　女性の場合は、少なくとも自分のお母さんやお祖母さんの頃
に比べれば多くの権利や自由が得られるようになってきまし
た。一方で男性は自分のお父さんやお祖父さんの頃に比べて景
気は悪いし、女性にも気を遣わなきゃいけなくなったし、あれ
これしんどい。

　しかし、男性問題はまだ社会的に認知されていないため、
言ってもわかってもらえない。私に打ち明けてきた男子学生た
ちはむしろいい方で、ジェンダーに関する問題は、悩んでいて
も恥ずかしくて口に出せないという男性が圧倒的に多いはずで
す。男性が多少のことで文句を言うのは「男らしくない」とい
う暗黙の抑圧はまだまだあるので、そういう価値観の中で生ま
れ育ってきた男性たちは、不平不満があっても口にしない、そ
ういう行動パターンが身についてしまっています。

　読者の皆さんにわかっておいて欲しいことは、ジェンダーに

対するセンサーは人によって違うということです。ジェンダーを押し付けられても平気な人もいれば、ジェンダー依存の人もいます。その一方で、些細なことであってもセンシティブ（敏感）に反発する人はいるのです。大多数の人は、多少理不尽な思いをしても、それくらいは仕方がないとジェンダーの枠の中で生きているのでしょうが、人によってはどうしてもそれが耐えられなくて、深く傷つく人もいます。また、周りのピアグループの同調圧力が強いので、その時は深く考えずにジェンダーの強制を受け入れていても、数年経った後で、そのトラウマに気づく人もいるのです。

　私はかつてフェミニストカウンセラーのカウンセリングを受けたことがあるのですが、なぜ、フェミニストカウンセリング（ジェンダーカウンセリング）ができたかというと、カウンセラーであっても、ジェンダーにセンシティブではないカウンセラーは、ジェンダーと本質をごっちゃにして考えているため、無意識に「男は男らしく、女は女らしく」というメッセージを送ってしまいます。そうなるとクライアントを余計に傷つけることになります。したがって、ジェンダーの知識のあるカウンセラーが必要になってきたからなのです。

　誰かに子供ができた時に、最初に訊くのは、「男の子？　女の子？」という質問です。この頃は生まれる前に性別が分かりますし、人間の一番大きなアイデンティティは男か女かということです。それを受け入れられないとなったら大変な苦労です。

　私の知っている女性の中には、「自分の胸をとりたい」と真剣に悩んでいる女性は何人もいます。あるいは、筋肉がつくのは嫌だという男性、成人式や卒業式に着物を着るのは嫌だとい

う女子学生、自分のことを「俺」とか「僕」と言えない男性、逆に自分のことを「俺」という女子学生もいます。

　私がかつて教えていた女子学生は、高校の卒業式で、「男子はグー、女子はパーで手を膝の上に乗せろ」と先生に指示されて、腹が立つからわざとグーにしていたと言っていました。ジェンダーに囚われていない人から見れば、「それくらいのことを差別と思わなくても・・・」ということになるのでしょうが、ジェンダーの場合はいったん囚われてしまうと過剰に反応するようになってしまうのです。したがって、日々に起きることが不愉快なことだらけになっていきます。

　また、ジェンダーの場合は好きでするのと嫌いでするのとでは全く逆の意味を持つことも理解しておかなくてはなりません。私は長年大学で教えていますが、かつては胸やお尻の谷間が見えるようなファッションをしている女子学生はたくさんいました。今でも時々見かけます。男子学生の場合でも、インスタグラムなどに自分の上半身裸の写真を撮ってあげている男子はいます。それは彼らが好きでする分には問題ないのですが、それを強制的にやらせてしまうとセクハラ・パワハラになってしまいます。好きな人と合意の上でセックスをするのと嫌いな人からレイプされるのとは全く別のこと、それと同じことです。

　ジェンダーの問題で悩むような人は全体から見ればマイノリティであるにしても、マイノリティであればあるほど悩みは深刻です。当人は深刻に悩んでいるのに、周りは理解してくれないからです。ジェンダーに悩んでいる人に向かって、「ジェンダーを気にしないで楽しく生きている人はいるじゃないの」とアドヴァイスするのはタブーです。不登校の子に向かって、

「学校が大好きな子はたくさんいるじゃないの」と言ったら余計に彼らを追い詰めることになります。それと同じことです。

　かつての日本では何事も気の持ちかた次第という考えが支配的でした。世間の規範が受け入れられない人は差別や偏見にさらされても当人の責任という空気がありました。「世の中には食べるのにも困るような恵まれない人もいるのだから、それくらいは我慢しなさい」と言われていました。しかし、その理屈を推し進めていたら、それこそ餓死に近いような人でなければ、自分の人権を主張することができなくなってしまいます。

　民主主義とはマイノリティの人に配慮することだと言われます。コロナの場合でも、経済よりも命を優先すべきだと多くの人が主張しました。コロナに感染する人なんてマイノリティですし、重症化する人の多くは高齢者です。だからと言って、命を蔑ろにしていいと言ってしまうのは人道的ではありません。大部分の人はジェンダーインセンシティブであったにしても、ジェンダーセンシティブな人が存在する以上はそういう人の人権も配慮していかなくてはならないのです。

　本書ではジェンダーの問題を前提にして、21世紀のアメリカ映画を考えてみたいと思います。

　日本は、心理学の大御所である河合隼雄も「母性社会日本」と呼んでいるように世界でも最も女性的な国の一つです。一方で、アメリカは**マチズモ**（男っぽさの誇示）の国と言われます。「男は強くなくては」という意識は日本よりもはるかに強いのです。アメリカは女性が強い国というイメージがありますが、それは男性が弱いからではありません。男性優位的な考え方が強いから、女性も強くならなかったらアメリカでは生きて

いかれない、だからフェミニズム運動が起きるのです。強くない男性にとってアメリカに生まれることは悲劇です。そして、一見男っぽく見える人たちにとっても、男らしさを強制する社会は不幸へと繋がっていくのです。

　私たちが「男になる・女になる」のを学ぶソースとなるのは、家族、学校、友人、そして、映画やテレビ、インターネットなどのメディアです。とりわけハリウッドは世界中の人たちにジェンダーモデルを提供しています。

　ヨーロッパ映画の場合はハリウッドに比べると作家性が強いため、独自の視点から人生を見つめるものもたくさんあります。一方で、ハリウッドは大衆性を重んじるため、そうそうステレオタイプから外した描き方はできません。映画は、文学や絵画など他の表象文化と違って、作るのに莫大なお金がかかります。ハリウッドは世界に向けてビジネスをしていますから、製作費の回収の問題もあり、これまでの伝統とは違ったものを作ろうと思うと大きなリスクが伴います。

　したがって、ハリウッドは、今でも一貫して男性中心主義を死守しています。しかし、ベンション＆グリフィンが「覇権調整」という言葉で説明しているように、本質は変わっていなくても、時代の流れに沿って描き方は調整されていきます。話の大きな枠組はそのままでも、男性や女性の表象は確実に変化しているのです。

　21世紀になって、映画はどう調整されたのか、ジェンダー表象は変わったのでしょうか？

　ジェンダーの問題は人によって感じ方が大きく違っているので、本書を読みながら不愉快になる人もいるかとは思われま

す。私はこれまで色々なところで講演をしたり、執筆をしたりしてきましたが、ジェンダーの場合はとんでもない反応が返ってくることがたびたびです。私の真意がうまく伝わらないのです。それを伝わるように説明するのが本書の目的ですが、それでも共感できない人はいるでしょう。

　また、本書は**マスキュリニティ**（男性性・男らしさ）の問題を中心におきますが、女性問題を蔑ろにするつもりはありません。ただ、女性問題の本はたくさんあるけれど男性問題は極めて少ないので、あえて今回は男性を中心にしたいと思います。そして、男性問題の本だからこそ、女性に読んでもらいたいとも思っています。男性を理解することは女性にとってもプラスになることだからです。もちろん、男性も女性問題を知るべきなので、女性ジェンダーの問題にも言及したいと思っています。

　ジェンダーに対する捉え方は人それぞれ。自分はジェンダーを気にしないし、共感できないけど、異質の人もいるのだからそれはそれとして認めてあげようという気持ちで読んでみてください。

1章　バッド・ボーイズの文化

『男らしさという名の仮面』（ジェニファー・シーベル監督・2015）というドキュメンタリー映画があります。これは「男らしさ」の問題を知る上でとても有益な映画です。

「男らしさ」とは何なのか？この映画の中で言及されている「男らしさ」とは、「女っぽいものへの拒否」「傷ついても我慢」「弱さを見せない」「感情を隠

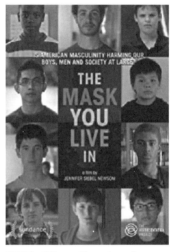

(DVD Virgil Films and Entertainment)

す」「スポーツ能力」「経済力」「文化を征服する力」などです。精神的にも肉体的にも経済的にも強くあってこそ男という意識がアメリカではとても強いのです。

しかし、それは男性の本質にかなった概念ではありません。男性だって泣きたい時はあります。スポーツができない、どれだけ頑張ってもできるようにならない、あるいは元々スポーツが好きじゃない男性もいます。経済力に関しても同じことです。

また、この映画では、男女は90％の部分で重なりあっていて、男女の違いは10％に過ぎない、そして、その10％も本質なのか教育によるものなのかよくわからないことが語られてい

ます。図で示すとしたら、男性と女性は図1のようになります。にもかかわらず、社会は男性と女性を全く異質の生き物であるかのようにとらえています（図2）。

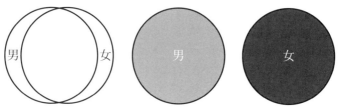

図1　男と女は90％は重なる　　図2　しかし、世間は男女を別のものと捉えている。

　男性ジェンダーは「女っぽいものへの拒否」であるということ、これは男性問題の論客が常に訴えてきたことです。日本の男性学の草分けとされている渡辺恒雄は、「性の境界は女の側から超えやすく男の側から超えづらい」と語っています。フランスの有名なフェミストであるエリザベート・バダンテールは、『ＸＹ　男とは何か？』のなかで、「僕はお母さんとは違うんだ、女の子とは違うんだと叫びながら男の子は成長していくのだ」と語っています。

　女の子の場合は、男の子みたいなことをしても意外に許してもらえます。「おてんば」「男勝り」という言葉は必ずしもネガティブな意味ではないのです。その一方で、男の子が女性的なことをすると、「女の腐ったような子」と貶められます。すなわち、女性は自分の中の男性的な部分を否定しなくても許されるわけですが、男性は自分の中の女性的な部分を否定し、常に「男らしさ」を示していなくてはなりません。

　男性ジェンダーと言われてもあまりピンとこない人には是非

見てもらいたい映画があります。『お茶と同情』（ヴィンセント・ミネリ監督・1956）という映画です。舞台は 1950 年代のアメリカ、ニューイングランドの高校の男子寮です。そこで、女性的な少年であるため、周りからいじめられる男の子トムと彼を庇おうとする舎監の妻ローラ（デボラ・カー）の心の触れ合いが描かれます。これはロバート・アンダーソンの舞台

（DVD MGM）

劇の映画化なのですが、これくらい「男らしさ」の問題に直截的にこだわる映画は他に例がありません。

　主人公のトムは芸術家肌の男の子です。ギターを爪弾きながら歌を歌い、演劇では女装して女性役を演じます。ビーチでは、女性たちと一緒に裁縫をしながら、お喋りをしています。

　その一方で、筋肉自慢の男の子たちはビーチバレーをしているのですが、彼らの一人が舎監と次のようなやりとりをする場面があります。

少年「次にあげるものの中で、どれが一番好きですか？　美、
　　花、女の子、音楽」
舎監「女の子だなあ」
少年「読書、狩、園芸」
舎監「狩だなあ」

　これは男性度を測るテストなのです。この対話からわかると
おり、花や音楽、読書や園芸など、芸術的なこと、美的なこと
を追求するよりも女性とのセックスや狩のような獲物を追いか
けることが男性的と見做されるのです。音楽や文学や美術は、
感情に訴えかけるものだから女性的、女の子や狩は性欲や競争
心を刺激するものだから男性的という意識がかいま見えてきま
す。

　この映画でトムは周りの男性たちから、「シスターボーイ」
とからかわれています。シスターボーイ、すなわち、姉妹のよ
うな男の子と侮蔑されるわけです。トムは彼らから「髪をク
ルーカットにしろ！　娼婦を買いに行け！」とプレッシャーを
かけられ、深く傷つきます。トムの理解者であるローラは、こ
の様子を見て、夫である舎監の性格に愛想を尽かし、彼と別れ

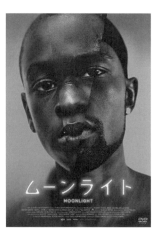

(DVD TC エンタテインメント)

ることになります。無理やりに
男性の規範にはめられること
が、いかに規範に沿えない男の
子を傷つけるのかを訴える映画
なのです。

　最近の映画では『ムーンライ
ト』（バリー・ジェンキンス監
督・2016）や『IT ／ イット
THE END " それ " が見えたら、
終わり。』（アンディ・ムスキエ
ティ監督・2019）などが男の
子へのいじめを描いています

が、いじめの場面で「ファゴット（faggot）」という言葉が出てきます。ファゴットはゲイを侮蔑していうときの卑語ですが、その男性がゲイでなくても、男性を侮辱するときにはファゴットが使われます。シスターボーイやファゴットなど、女性的な男、同性愛の男と言われることが男性を最も傷つけることになるのです。

『エレファント』（ガス・ヴァン・サント監督・2003）は、1999年にコロラド州で起きたコロンバイン高校銃乱射事件をテーマにしています。この事件は、マイケル・ムーアが監督したドキュメンタリー映画『ボウリング・フォー・コロンバイン』（2002）でも知られていますが、いじめられていた男子生徒二人が、銃を手に入れて、生徒12人と教師一人を射殺した事件で、二人はその後自分たちも自殺しています。この二人も「ファゴット」と罵られていたとのことです。

余談ですが、アメリカでは銃規制の問題は深刻な問題ですが、これもアメリカのマッチョ文化と深く関わっています。『スーパーバッド』で警官たちが、「銃を持っているのは気分がいい。ペニスが二つある気分だ」と話す場面がありますが、銃はしばしば男性の性器のメタファーです。

グッド・バッドボーイ

『グッド・ボーイズ』（ジーン・スタプニツキー監督・2019）という映画があります。小学6年生の男の子マックス、ルーカス、ソーは仲良し3人組です。女の子に関心を持ち始める年齢ですから、彼らは「初キス・パーティ」に参加す

（DVD NBC ユニバーサル・エンターテイメント
ジャパン）

ることになります。

　キスの仕方が分からない3人は、パソコンでポルノサイトを検索したり、ラブドールを使ってキスの練習をしたりしますが、うまくのみ込めません。そこでマックスの父親のドローンで、近所に住むティーンエイジャーの女の子たちを観察することを思いつきます。

　道徳的に考えれば、彼らがしていることは明らかに悪いことです。ラブドールとは男性のマスターベーションのための人形ですし、ポルノサイトを見ることも小学生の子がしてはならないことです。この映画では、小6の男の子たちを主人公にしておきながら、セックス、ドラッグ、アルコール、卑猥な言葉がバンバン飛び出します。

　加えて、男の子たちの友情ものは体を危険に晒す場面がつきものです。この映画は、明らかにスティーブン・キング原作の『スタンド・バイ・ミー』（ロブ・ライナー監督・1986）を意識しています。『スタンド・バイ・ミー』は夏休みに死体を探しに行く男の子4人組の冒険話です。この映画で有名な場面の一つは線路で列車に轢かれそうになった彼らが必死になって走る場面ですが、『グッド・ボーイズ』では車がどんどん通過して行くところを男の子たちが肝試しに横切る場面が出てきま

す。一歩間違えば、命を落とすこともあり得ることですから、これを大人が推奨することはできません。

　そういう、してはならないことばかりしている男の子たちを描いた映画であるにも関わらず、『グッド・ボーイズ』というタイトルが付いていることに注目してください。レスリー・フィードラーは有名な文学者ですが、彼は「グッド・バッドボーイ」という言葉でアメリカ文学の男性像を表現しています。マーク・トウェインの名作『ハックルベリー・フィンの冒険』（1885）のハックなどがその例です。

　男の子の場合はただ単にいい子であっても愛してはもらえません。ある程度は悪さができるくらいの子でなければ、人気者にはなれないのです。腕白で悪戯好きで、親や先生から怒られても気にしないくらいの男の子が、元気があっていいと評価されます。グッド・バッドボーイ、「良い悪い男の子」であることが求められるのです。

　アメリカ映画の主人公は、グッド・バッドボーイに満ちています。ギャングもの、西部劇、アクションものなど、グッド・バッドボーイのオンパレードと言っても過言ではありません。アメリカ映画のヒーロー像について分析したジョアン・メレンの『ビッグ・バッド・ウルブス』というタイトルの本も出ています。男はマッチョな悪い狼のほうが魅力的と見做されるのです。

　『グッド・ボーイズ』と同系統の映画に、『スーパーバッド　童貞ウォーズ』（グレッグ・モットーラ監督・2007）があります。これは『グッド・ボーイズ』の高校生バージョンと言っていいでしょう。日本では劇場未公開なのですが、アメリカでは

大変に有名な映画です。メガヒットとなりましたし、作品の評価も高く、放送映画批評家協会賞にノミネートされています。これもタイトルに「バッド」がついていて、男の子はバッドボーイの方が好ましいというメッセージが示唆されています。

　高校生ですから、『グッド・ボーイズ』よりも年は上、キスよりもさらに進んで、パーティーで女の子とセックスをするという目標がテーマになります。本当に彼らの頭の中にはセックスしかないのかと思うくらいに下ネタ満載です。

　先にあげた『お茶と同情』は 1956 年の映画なので露骨な下ネタは出てきませんが、トムが娼婦を買ったと聞いた時にお父さんが大喜びする場面があります。「これで俺の息子も男になった！」というわけです。男性は好色な方が望ましいという価値観が見えてくるのです。

　教育上いい話ではないにも関わらず、バッドボーイズの人気は止めようもありません。『ソーセージ・パーティ』（コンラッド・ヴァーノン、グレッグ・ティアナン監督・2016）は下ネタや性的なメタファーがたっぷりの R 指定のアニメ映画で、『スーパーバッド』で人気スターとなったジョナ・ヒルが声優を務めています。これも、この流れの映画と言っていいでしょう。ヒルは、『Mid90s ミッドナインティーズ』（2018）という映画も監督していて、ここでは男の子をシリアスに客観的な視点から描いていますが、セックス、麻薬、危ない遊びなどが描かれることは彼の一連の映画と共通しています。

　また、世代的にはもっと上の大人の男性を描くものでも、同じ系統の下ネタ満載のおふざけコメディはアメリカでは一つのジャンルとして定着してしまっています。有名なところでは、

『ハングオーバー　消えた花ムコと史上最悪の二日酔い』（トッド・フィリップス監督・2009）や『テッド』（セス・マクファーレン監督・2013）が挙げられます。アメリカでは、一つのサブカルチャーになってしまっているのでしょう。

　男性の場合はバッドボーイだった時期を通り越してこそ、一人前という考えがあり、男性の中には、「俺は若い頃は結構悪いこともしたからね」と自分が不良だったことを自慢する人もいます。不良な時期があったことは男性にとっては勲章となるのです。

　とりわけ、『お茶と同情』が公開になった**1950 年代**は保守的な時代とされ、当時の男性たちは、扶養者・保護者としての責任を果たし、愛国心を持ち、規律を重んじることがよしとされました。彼らは、女性の体には関心をもつのですが、他者の感情に対しては鈍感です。

　21 世紀へと時代が降っていくにつれて、「優しさ」の時代になっていくので、1950 年代ほどではなくなっていますが、今でもそういうジェンダー意識は根強く残っているのです。

　男らしさの条件：男はセックス、スポーツ、銃、狩、酒、麻薬などに関心を持つべし！

バッド・グッドボーイ

　しかし、世の中にはバッドボーイになれない男の子もたくさん存在しています。

　『ウォールフラワー』（スティーブン・チョボスキー監督・

2012）という映画があります。ウォールフラワーとは学校で隅っこに壁紙のようにひっそり座っているタイプの子のことを指します。日本でも引きこもりや不登校が問題になっていますが、こういうタイプの男の子は悪いことはしないけれど、男の子の同輩集団について行かれなくて、苦労することになります。小谷野敦が、グッド・バッドボーイに対置する男の子のことを「バッド・グッドボーイ」という言葉で表現していますが、悪いことなんかは全然できないような男の子は往々にして馬鹿にされます。「悪い良い男の子」と見なされるのです。

　この映画の主人公チャーリー（ローガン・ラーマン）の本棚にはJ・D・サリンジャーの『ライ麦畑でつかまえて』（1951）が置かれています。『ライ麦畑でつかまえて』はアメリカ文学を代表する名作の一つですが、元祖不登校の話という言い方もできます。高校をドロップアウトした主人公のホール

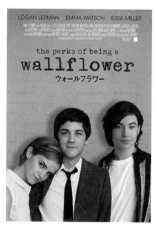

（DVD Happinet）

デンが、当てもなく孤独な散策を続けていく話です。ホールデンは精神病院で療養していて、そこから過去を回想している設定になっています。ホールデンは、世の中の偽善や矛盾がどうしても受け入れられなくて、学校にいても心がかき乱されるのです。彼の同級生のお母さんが、「うちの子は繊細な子でしてね。時々心配になることがありますの」と彼に訴える場面が

出てくるのですが、実際にはその子は鈍感な子、繊細なのは
ホールデンなのです。しかし、このお母さんの台詞からも、繊
細な男の子は学校ではうまくやっていかれないことは汲み取れ
ると思います。

　『なんだかおかしな物語』（アンナ・ボーデン、ライアン・フ
レック監督・2010）も『ウォールフラワー』と同じような男
の子の話ですが、かつて精神病院に入っていたという設定に
なっています。繊細な子は精神病院に入るしかない状況はアメ
リカにもあります。アメリカでは不登校になると親が罰せられ
るので、不登校がないと言われていますが、実際にはアメリカ
は**ホームスクーリング**があるので行きたくない子はそちらを選
択するのだと思われます。

　男の子の中にも下ネタが嫌いな子はいますし、アルコールや
ドラッグに関心がない子もいます。しかし、周りに溶け込むた
めには嫌なことを無理にしなくてはならないことになります。
それが彼らには耐えられないのです。こういうタイプの子は、
女の子と趣味が近いため、女の子とは仲良くなれるのですが、
男の子は女の子と仲良くしてはなりません。男の子は女の子を
性欲の対象物にしなくてはならない一方で、女の子と友人とし
て親密になるのは男らしくないと見なされます。

　森岡正博は『最後の恋は草食系男子がもってくる』という本
で面白い説を述べています。森岡の説によると肉食系男子の場
合は、性的対象と見做していない女性は人間として接するけれ
ど、自分の好みのタイプの子はセックスの対象物としてしか見
ないので、むしろ人間として扱わないというのです。日本で
も、セックスが一番と考える男性の方が男らしいと見なされる

問題点が見えてきます。

　『ライ麦畑でつかまえて』は肉食系にはなれない男の子を描いて、今でも草食系の男の子たちのバイブルとなっているように思われます。原作者のサリンジャーを描いた『ライ麦畑の反逆児 / ひとりぼっちのサリンジャー』（ダニー・ストロング監督・2017）、『ライ麦畑でつかまえて』を舞台化しようと夢見る高校生を描いた『ライ麦畑で出会ったら』（ジェームズ・スティーヴン・サドウィズ監督・2016）と、2010 年代になって『ライ麦畑でつかまえて』に関連する映画が二つも出たことは、そのことを裏付けています。

　その他にも草食系男子を主人公にしたものは最近では一つの傍流となっていて、『（500）日のサマー』（マーク・ウェブ監督・2009）『最低で最高のサリー』（ギャビン・ウィーゼン監督・2011）『プールサイド・デイズ』（ナット・ファクソン , ジム・ラッシュ監督・2013）『ぼくとアールと彼女のさよなら』（アルフォンソ・ゴメス＝レホン監督・2015）などが、そ

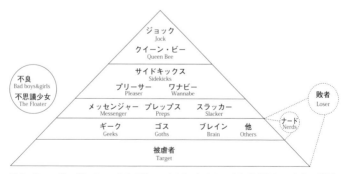

図 3 　（https://ja.wikipedia.org/wiki/ ジョック #/media/ ファイル :SPOTUS.png からの引用、2020 年 11 月 17 日アクセス）

の流れを汲むものです。

今はアメリカでも草食系の男の子の方がマジョリティなのですが、彼らは何かにつけて悩むことになります。やはり、男性はバッドボーイの方が生きて行きやすいのでしょうか。

『ハイスクールU.S.A.—アメリカ学園映画のすべて』によると、アメリカの高校では図３のようなヒエラルキーが存在しています。**ジョック**が一番上に来ていますが、ジョックとは、勉強はできないけど、スポーツ万能で、いじめっ子タイプの男の子のことです。

男の子の場合は支配性や暴力性をもった男の子が上に立つのです。ジョックは一般に肉体的ないじめに頼ります。そして相手が弱さを示すと攻撃します。さらに、ジョックは誰かに受け入れてもらいたいと思っている子分（プリーザーやメッセンジャー）を集めます。そして、この子分たちは、自分のグループでの地位を守るためには何でもやります。まさにヤンキーやヤクザの心理ですね。しかも、男の子の場合、いじめるときは大っぴらに派手にいじめる傾向があるのだそうです。

真面目で優しい男の子はいじめのターゲットとみなされ、カーストの下になります。日本では21世紀になって、**肉食系男子・草食系男子**と分けられるようになりましたが、アメリカでは**アルファーメイル・ベータメイル**という言い方がこれに対応します。アルファ男はスポーツマンでかっこいい、カーストの上に立つタイプです。ベータ男は、自分に自信のない、大人しいタイプ、ガリ勉タイプ（プレップ、ブレイン）、非モテ系やオタク系（ギーク、ナーズ）などです。

もっとも、アメリカ映画でも、ジョック・タイプの男の子は

肯定的には描かれません。そういう子はやはり「グッド・バッドボーイ」ではなく、「バッド・バッドボーイ」となるのでしょう。悪戯や下ネタ好きの男の子はまだ許されるけど、自分よりも弱いものをいじめるような男の子はコメディ映画でも推奨されないのです。『ネバー・バックダウン』（ジェフ・ワドロフ監督・2008）でも、格闘技のジムにやって来た主人公に、指導者が「相手や理由がなんであっても、ジムの外で喧嘩をすることは許さない。喧嘩したら追い出す」と条件をつけて入会させる場面が出てきます。相手を傷つけることが目的の格闘はしてはならないことなのです。

女の子の物語

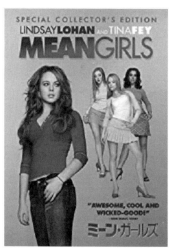

（DVD パラマウント・ホーム・エンタテインメント・ジャパン）

　ここで女の子についても考えておきましょう。

　『ミーン・ガールズ』（マーク・ウォーターズ監督・2004）という映画があります。ミーン（mean）とは意地悪という意味です。これは高校が生徒のキャラによってすみ分けられていることがよくわかる映画で、アメリカの女子高生を知りたい人には必見です。

　男の子と女の子のいじめの

違いを分析したサイト（https://www.verywellfamily.com/do-girls-and-boys-bully-differently-460494）によると、女の子の場合は間接的に、あるいは関係性の攻撃を用いていじめるケースが多く、具体的には、言葉での攻撃、仲間外れにする、噂やゴシップ（悪口）を流すなどがあげられています。女の子の場合、いじめに見せないような形で相手を攻撃するので、男の子のいじめに比べて発見されづらい面があります。

　女の子の場合は派閥の中でいがみ合う傾向が強く、仲良しグループの中でもお互いを信頼し合うことは少ないのだとも述べられています。そのため、グループのリーダー（クイーンビー）はいつ自分がパワーを失うのかということを心配しなくてはならなくなります。すなわち、それまでは彼女の手下だった子たち（サイドキックス、ワナビー）が、一瞬にして新しいリーダーのグループに移ってしまう可能性があるのです。女の子のいじめは一人でするのではなく、共犯者を作るケースが多く、また一度グループの一員になってしまうと、他の女の子たちに同調してしまう傾向があるとのことです。

　ここで、いくつか高校生の女の子を描いたお勧め映画をあげてみます。

　エレン・ペイジ（2020年にトランスシェンダーであることを公表しエリオット・ペイジと改名）主演の『JUNO/ジュノ』（ジェイソン・ライトマン監督・2007）は小品であるにも関わらず、アカデミー賞作品賞にノミネートされるほど絶賛され、何よりも元ストリッパーのディアブロ・コーディが脚本賞を得たことで話題になりました。高校生の女の子が妊娠してしまい、それをめぐる騒動を描いたコメディですが、ヒロイン

が、相手の男の子に向かって、「あなたはそのままなのに、私はこんな体になっていく」と訴える場面が印象に残っています。妊娠は男性にはわからない世界なので、勉強になります。

　エマ・ストーン主演の『小悪魔はなぜモテる』（ウィル・グラック監督・2010）はクリスチャンの学校に通う女の子が「私はもうセックスの経験済み」と嘘をつくことから起きる騒動の物語です。ナサニエル・ホーソーンの名作小説『緋文字』（1850）をモチーフにしています。これは、キリスト教の社会での姦通をテーマにした小説です。

　『ブックスマート　卒業前夜のパーティデビュー』（オリヴィア・ワイルド監督・2019）はガリ勉の優等生の女の子二人が高校卒業間際になって、もっと遊んでおくべきだったと後悔し、弾ける話です。ジョナ・ヒルの妹のビーニー・フェルドスタインの主演で、『スーパーバッド』の女子版と言っていいでしょう。

　こう見てくると、女の子の話も下ネタが多いのですが、女の子の話の場合は周りとの人間関係に焦点が当たります。一般に男性は「物事」に依存し、女性は「人間」に依存すると言われますが、両者の映画を比較するとそのことがよくわかると思います。『オン・ザ・ロック』（ソフィア・コッポラ監督・2020）で、「女は感情というフィルターを通してセックスを考えるけど、男はフィルターがないんだ」という台詞が出てきますが、女性の場合は、セックスそのものよりもそこに行き着くまでの関係性を重視するのです。

いじめっ子の心理

　『いじめっ子』（リー・ハーシュ監督・2011）という日本未公開のドキュメンタリー映画があります。これを見るといじめに関してはアメリカも日本と変わらないことがわかります。アメリカも日本も、いじめは加害者も被害者も男の子というケースが圧倒的に多いのです。

　男は強くあるべきだと言われて育つので、男の子は弱い子をいじめることで自分の支配力を誇示しようとします。そして、女の子が周りにいると女の子がオーディエンスになるので、余計に強がりたいから、弱い男の子をいじめの標的（ターゲット）にすることで、その欲望を満たそうとします。

　『お茶と同情』では、トムを庇おうとするローラが、男性たちに向かって、「あなたたちが女性的なものを恐れるのは、自分たちの中にある女性的な部分を恐れているからよ」と言い放つところがあります。いじめっ子たちは、実際には自分の中の女性的な面をいじめられっ子の中に見ているのです。そして、それを否定したいから、女性的な男の子をいじめるという悪循環に陥っています。

　また、時として、そこには好きな子に意地悪したいという心理も働いています。日本映画ですが、30年ほど前に『少年時代』（篠田正浩監督・1990）という映画がありました。この映画は男の子同士のいじめを描いていますが、そのいじめっ子は自分がいじめている男の子に同性愛的な恋慕を持っていることがわかっていきます。都会から転校してきた子で他の子たちと

は毛色が違うから、彼のことが気になって、それが同性愛的な気持ちへと転化していくのです。いじめっ子は、自分に関心を持ってもらいたいから、わざと相手が嫌がることをするケースが多いのです。

　いじめられっ子たちは、先生や親に言いつけることに躊躇して、一人で自分の悩みを抱え込んでしまいます。自尊心を傷つけられた経験を人前で話すことはもう一度同じ経験を反芻することになるので、いじめられっ子からしたら屈辱です。とりわけ男の子の場合はいじめられたくらいのことで凹むのは男らしくないとみなされ、「やられたら、やり返せ」と言われるため、余計に追い詰められます。

　そのことは『男らしさという名の仮面』の中でも触れられています。男の子は、「共感や感情は女性特有のものだ」と教えられます。つまり、いじめられた子に対して、「それは酷いよね」と慰めあうのは女の子のすることで男の子のすることではないと思っているのです。結果的に、男の子は「感情や関係性を軽視しはじめ」、「孤独と孤立」に追い込まれ、「親密さとゲイの可能性を混同」するようになります。

　女の子のように救いを求めたりしたら、そのことが後で「利用される」、あいつは女々しいやつだというレッテルをその後も貼られる可能性もあるのです。男の子は、女の子のようにストレートに親密さを求められませんし、助けを求められないのです。男性のほうが自殺率が高いのはそのせいです。女の子は鬱になるケースが多いのですが、男の子の場合は最初に攻撃的になり、自暴自棄になり、それから鬱、もしくは自殺になることも指摘されます。

　アメリカでは中学くらいから飲酒、ドラッグ、セックス を始めます。道徳的にはすることは許されないのだけど、しないと周りから見下されるというジレンマです。『いじめっ子』では、子供を自死で失った親たちの悲痛な姿が描かれます。先生と親が面談して、学校と家庭のことで話し合いますが、それでも解決しないところも日本と同じでしょう。

　『Bully　ブリー』（ラリー・クラーク監督・2001）は実話に基づくもので、いじめられっ子たちが集団になって、それまで周りを支配し続けていた、いじめっ子を殺す話です。追い詰められたいじめられっ子の集団心理は恐ろしいものがあるので、一歩間違うとこういう事態にもなりうるのです。

　いじめの問題を解決するためには、根本的な男らしさの問題、「男の子は強いほうがいいのだ」という考えを否定しなくてはなりません。『男らしさという名の仮面』では、語り手の男性の一人が「涙も感情も消せ」「男になるなら周りを圧倒する方法を学べ」と父から教わった、「男になれ」という言葉、これは最も「破壊的な」言葉だと思うと述懐しています。

　アメリカでは 21 世紀になって、「**有害な男らしさ**（toxic masculinity）」という言葉があちこちで言われるようになりました。『男らしさという名の仮面』では、「女子よりも男子の方が多く学校を辞める」「男子は女子の 2 倍、特別教育を受けている」「ADHD の数は女子の 3 倍」「停学になる子は女子の 2 倍」「退学になる子は女子の 4 倍」という数字もあげられます。

　この数字だけ見るとただ単純に男の子の方が素行が悪いと思う人もいるかもしれませんが、この映画は「その裏にある問題」を見るべきだと訴えます。男の子は弱くなれない、それが

最たる問題です。「比較は幸福を奪う」のだというセリフも出てきます。男の子は競争を求められるから不幸になるのです。

この映画では、自助グループのグループセッションの様子もでてきます。男たちが輪になって対話することで新たな気づきを促す、**コンシャスレイジング**のセッションです。日本でもこういう自助グループはあるにはありますが、こういう部分ではアメリカの方が遥かに進んでいることは窺えます。

そして、そこでは、「男らしさの意味を自分で定義する」というサジェスションがなされるのですが、今求められているのはまさにこの部分でしょう。男の子たちは自分の男性としてのアイデンティティを探ってはいるのですが、一体何なのかがわからないのです。既成の男らしさはもう古い、だけど、男に憧れる、一方で男になりたくない面もある、なりたくてもなれない（なる自信がない）、そこで揺れ動いている様子がよくわかります。

クロエ・ジャオ監督の『ザ・ライダー』（2018）は小品ですが、アメリカでは高い評価を受け、オバマ前大統領もお気に入

男性ジェンダーの呪縛

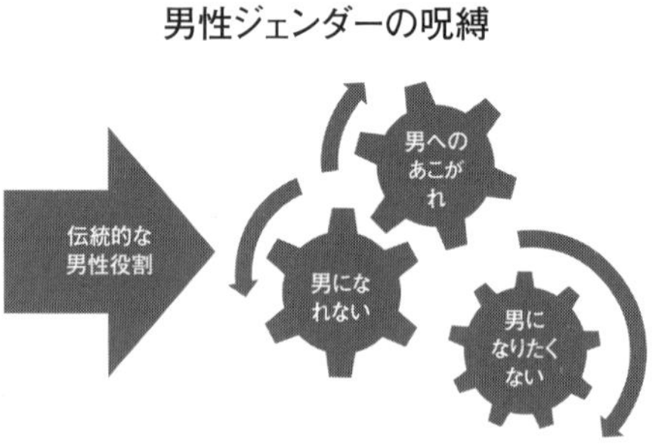

男へのあこがれ

伝統的な男性役割

男になれない

男になりたくない

図4

り映画として称賛しています。ロデオ・ライダーとしての道を断たれた主人公が傷を癒していく話です。馬はしばしば男性性のメタファーとなります。馬に乗れなくなった男性がその傷を癒していく姿は、男らしさの問題で傷つきながらも、新たな男性の生き方を模索する男性たちの姿と重なります。この映画を女性監督がつくったのは頼もしい限りです。これから、この流れの映画が増えることを期待したいところです。

コラム① 『レッド・ピル』（キャシー・ジェイ監督・2016・日本未公開）

　アメリカの男性運動の状況を知りたい人には必見のドキュメンタリー映画です。この映画のタイトルはキアヌ・リーブス主演の『マトリックス』（リリー・ウォシャウスキー、ラナ・ウォシャウスキー監督・1999）で、主人公のネオが「赤いピルを飲むか、青いピルを飲むか、どちらかを選べ」とモーフィアス（ローレンス・フィッシュバーン）から言われる場面からとられています。

　赤いピルは真実と自己認識、青いピルは幸福な無知へ戻ることを示します。青いピルを飲んで何もわからない状態でいる方が幸せなのだけど、真実を知るためには赤いピルを飲まなくてはならないという意味なのです。『レッド・ピル』の場合だと、男性問題を何も知らずに生きてきた女性が、赤いピルを飲んで、男性が抑圧されているという現実に目を向けることを示唆します。

　この映画の監督でインタビュアーとして登場するキャシー・ジェイは女性で、しかもフェミニストです。その彼女がウーマンヘイター（女性嫌い）とも言われる男性たちに関心を持ち、取材を続けていくうちに彼らに共感するようになっていくのです。

　フェミニストの彼女は、「私は女性だからこれまで女性問題は共感してきたけど、男性については何もわかっていなかったのだ」と発見します。彼女は男性たちが「男たちの方が被害者だ」と訴えている時に不快になる時もあるのですが、その一方

で、おそらく男性たちもフェミニストが「女は被害者だ」と訴えている時にそういう気持ちになるのだろうという認識に達することになります。

　両者とも性差別をなくしたいという部分では一緒なのだけど、「男の方が被害者だ」「女の方が被害者だ」と水掛論になってしまっているのです。しかし、どうでしょうか？　男にも女にも被害者・加害者はいますし、人間は、誰も傷つけずに生きていくことなんてできません。みんな、ある面加害者であり、被害者なのです。

　この映画は男女両方の状況を公正に取り入れています。フェミニストやメイルフェミニスト（フェミニストを支援する男性）は女性の置かれている不公平を訴えますが、メンズライトアクティビスト（MRA）、マスキュリスト（男性差別の撤廃を訴える運動家）たちは男性被害を訴えます。興味深いのはMGTOW というオンラインコミュニティが出てくるところです。これは、メン・ゴーイング・ゼアー・オウン・ウェー（Men Going Their Own Way）の略語であり、直訳すると「自分の道を行く男達」です。恋愛や結婚は男性にとっては不利益だからそういうものを避ける男性たちです。

　この映画を見ると男性差別のことは認識できるかと思われます。「仕事の場で死傷したりするのは男の方が多い」「高校のドロップアウトは男子が多い」「寿命は男の方が短い」「自殺は男の方が多い」「男に特有の前立腺癌よりも乳癌の方が圧倒的に保証してもらえる」「DV 被害は男は四人に一人、女は三人に一人なのに男の方はケアしてもらえない」「女性は性の客体物だけど、男性は成功の客体物」「女は出産を強いられるけど、

男は責任を強いられる」などです。こういう話を聞いて、彼女は 50 年前だったら女の方が損だったろうけど、今は女性の方が得かと思うようにもなります。

　この部分に関しては異論のある人もいるでしょう。しかし、この映画は、男性の言い分は全く聞こうとしないことが問題なのだというところで終わっています。キャシー自身もまだ色々な意見を聞いている最中ではっきりと判断を下しているわけではないのです。彼女は、どっちが正しい、どっちかが間違っているという考えがおかしいのだという結論に達します。真実は真ん中のどこかにあるのだと・・・。

　どちらかが正しいと決めつけてしまうと敵対関係になってしまいます。自分の正義感を相手に押し付けようとすると戦争を生み出すのです。感じ方、考え方は人それぞれ違うんだから、それを認め合って共存する社会をつくっていきましょう。

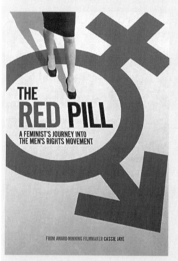

(DVD unknown)

2章　ナーズたちの復讐

アメリカ映画を見ていて、サッカーやラグビーが出てこないことを不思議に思った経験はないでしょうか。ラグビーに関しては、マット・デイモン主演の『インビクタス 負けざる者たち』（クリント・イーストウッド監督・2009）がありましたが、これは南アフリカが舞台の実話ものです。アメリカが舞台のラグビー映画は思い浮かびません。『お茶と同情』の主人公トムはテニスが得意なのですが、彼のお父さんがそれを見て難色を示す一幕があります。このお父さんからしてみればテニスは女性的なスポーツです。確かにテニスは女性のプレイヤーが多いですし、ファッショナブルで女性的という言い方はできるかもしれませんが、ラグビーは十分に男らしいスポーツに思えます。しかし、アメリカ人の考えではラグビーであってもアメリカンフットボールに比べれば男性的じゃない、ラグビーは防具をつけなくても大丈夫だけど、アメフトはつけなかったら怪我をします。アメリカでは、危険度が高いスポーツほど男らしいというイメージがあるのです。

アメリカの四大スポーツは、アメフト、アイスホッケー、野球、バスケットとされていて、それぞれプロのリーグがあります。NFL、NHL、MLB、NBA です。

アメリカ映画に出てくるのは、アメフトと野球が双璧です。『問題意識を持って読むアメリカ　15 のトピック』という本によると、アメフトは「戦闘的」という意味で、野球はアメリカの牧歌的風景とマッチする「知的な」スポーツという意味で、

アメリカで人気があるのです。

　アメフトを描く映画は、『ロンゲスト・ヤード』（ロバート・アルドリッチ監督・1974）『天国から来たチャンピオン』（ウォーレン・ベイティ監督・1978）『ノースダラス４０』（テッド・コッチェフ監督・1979）『ルディ／涙のウイング・ラン』（デヴィッド・アンスポー監督・1993）『タイタンズを忘れない』（ボアズ・イェーキン監督・2000）』『リプレイスメント』（ハワード・ドゥイッチ監督・2000）など、枚挙に暇がありません。

　野球をテーマにした映画も、『ナチュラル』（バリー・レヴィンソン監督・1984）『さよならゲーム』（ロン・シェルトン監督・1988）『フィールド・オブ・ドリームス』（フィル・アルデン・ロビンソン監督・1989）などアメリカ的な名作揃いです。とりわけ、『フィールド・オブ・ドリームス』は、アイオワ州の広大なトウモロコシ畑を野球場にするというアメリカらしい話です。

　アイスホッケーもアメリカでは人気がありますが、これもアメフトと同じ理由です。アイスホッケーも防具をつけます。映画では『スラップショット』（ジョージ・ロイ・ヒル監督・1977）というコメディが有名です。また『飛べないアヒル』（スティーヴン・ヘレク監督・1992）もシリーズ化されました。世界的大ヒットとなった『ある愛の詩』（アーサー・ヒラー監督・1970）では、主人公のオリバーがアイスホッケーの選手でした。確かにあの映画のライアン・オニールはマッチョでしたよね。

　バスケットは黒人のスポーツというイメージがあります。

『フープ・ドリームス』（スティーブ・ジェームズ監督・1994）というドキュメンタリー映画は非常に高い評価を受けました。長尺ですし、ドラマ映画ではないので観るのがしんどいかもしれませんが、アメリカの黒人の状況について勉強するのにもいい映画です。バスケは場所を取らないため、都会のスラムでもできるということもあるのでしょうが、黒人の方が跳躍力が強いと言われています。『ハード・プレイ』（ロン・シェルトン監督・1992）はバスケットを通じての白人と黒人の友情を描く映画ですが、原題が *White Men Can't Jump*（『白人は跳べない』）です。

スポーツの呪縛

　スポーツ問題は男性問題を語る上で避けて通れない部分です。メスナーなど、男性研究の論客の多くはスポーツ問題をテーマにしています。

　私は以前、あるトップランクの大学の男子学生から、「僕はスポーツが全然できないんです。小学校まではスポーツがすべてじゃないですか。だから勉強ができても楽しくなんてなかったですよ」と言われたことがあります。まさにその通りなのです。

　スポーツ問題は様々な男性問題と絡んでいます。体力や運動神経は男性の方が優っているという社会の思い込みは絶対的です。学校でも他の科目は男女を分けることはないのに、体育だけは男女で別々になります。他の科目は男の子の方が能力が上であろうが女の子の方が上であろうが個人差の問題だけど、体

43

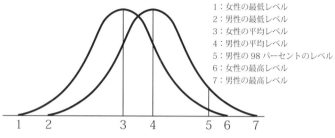

1：女性の最低レベル
2：男性の最低レベル
3：女性の平均レベル
4：男性の平均レベル
5：男性の 98 パーセントのレベル
6：女性の最高レベル
7：男性の最高レベル

図 5　スポーツにおける技術と能力における男女差
（出典『スポーツ文化を学ぶ人のために』）

育だけは男の子の方が上であって然るべきと思っているからです。

　しかし、実際にはそんなことはありません。図 5 を見ればわかるように男性でできない人と女性でできる人を比べれば明らかに女性の方ができます。女性の平均よりもスポーツができない男性はたくさんいるのです。

　スポーツができるタイプの男の子は、男性差別の理不尽さもある程度は受け入れられる子が多いはずです。学校の持久走で走らされる距離が長いのも、跳ばされるハードルが高いのも、バイトで重いものを持たされるのも、レディファーストを強いられるのも、戦争に行かされるのも、それは「女の子よりも俺の方が能力があるから仕方がないか」と諦めることもできます。一方で、できないタイプの男の子の場合は、普段からそのことにコンプレックスを持たなくてはならない上に、そういう時にはできる男の子たちと同じ扱いをされることになるので、被害者意識は募っていきます。

　またスポーツは男性性が暴走する分野でもあります。しばし

ば問題にされてきたのは「体育の先生問題」です。『体育教師をブッとばせ！』という本が出ています。この本の著者の岡崎勝は、自身が体育の先生だった人なのですが、体育教師を批判する本です。この頃はだいぶマシになってきたのでしょうが、体育の先生というとかつては人権侵害を平気でする存在でした。生徒の自尊心を傷つけるような暴言を口にし、「俺のいうことがきけないのか！」とばかりに生徒を物のように扱う。そういうイメージでした。

　アメリカ映画でも鬼のような教育者は出てきます。『白い嵐』（リドリー・スコット監督・1996）のジェフ・ブリッジスなどがそうです。しかも、この映画もそうですが、過去の映画ではこういう先生がしばしば美化して描かれてきました。

　こういう教育者像は軍人のイメージで、ジョージ・C・スコットがアカデミー賞主演男優賞を獲得した『パットン大戦車軍団』（フランクリン・J・シャフナー監督・1970）のパットン将軍やロバート・デュボールが『パパ』（ルイス・ジョン・カリーノ監督・1980）で演じた軍人のお父さんに相通じるものがあります。体育の先生や軍人は、男性的なカリスマ性をもっていますし、堂々と自信に満ちているので、一見いいようにも見えるのです。しかし、こういう男性は、自分の意に沿わない者は踏み付けにすることもなんとも思わないという危険な一面を孕んでいます。スポーツができる子は横暴な教育にもどうにかついていけるでしょうが、苦手な子はついて行かれません。しかも、こういう指導者はそういう子に対して配慮することはしてくれません。

　『男であることを拒否する』という本の中で、J・ストルテン

バーグは男をそれらしく演じるには以下のようなことがポイントであると述べています。

- 自分は正しい、自分の目的は道徳に反しない、と信じて疑わないこと。他人がどう思おうが関係ない。
- 男にふさわしい（つまり女にはふさわしくない）行動や性格、特性を、何があっても守ること。
- 矛盾を示す根拠があっても、自分の言動は首尾一貫しているのだと信じること。自分の意志は妥協を許さないとし、社会的に見て自分が上位にあるのだから、望むものを何でも遠慮なく手に入れることができる、と考えるべきだ。

　皆さんたちの周りにこういう男性はいないでしょうか？　パワハラ男性にありがちなタイプですが、本人は自己を正当化しています。かつての体育教師はそういう人が多かったのです。
　こういう男性がある種魅力的に見えるのは、男性たちのホモマゾ的な欲望をくすぐるからでしょう。ホモマゾとは、安冨歩が語っていることなのですが、**ホモソーシャル**（男同士の絆）＋マゾヒズムです。
　イブ・セジウィックが『男同士の絆』の中で提唱したホモソーシャル理論はアカデミズムの世界に大きな影響を与えました。ここでいうホモソーシャルとは**ミソジニー**（女性嫌悪）と**ホモフォビア**（同性愛恐怖）を内包する男同士の関係のことです。これまで述べてきたことからもわかる通り、男性たちは女性を性的対象物として欲望しなくてはならない一方で、親密な関係をつないではならず、また、ホモソーシャル（男同士の

絆）の世界を生きていながら、ホモセクシャル（同性愛）は憎悪しなくてなりません。

多くの男性たちは、男性であるがゆえに理不尽なことを強制されても、「俺たちは男なのだから、男同士で団結して頑張ろう」とマゾヒスティックな快感を支えに生きています。皮肉なことに、これは明らかにホモセクシャルに近い感情です。そして、同性愛的な愛情表現が許容されるのが戦争であり、スポーツです。

竹村和子も『愛について』のなかで指摘しているように、ホモソーシャルとホモセクシャルの間に明確な境界線は存在しないのです。ホモソーシャルな男性のドラマは読みようによってはいくらでもホモセクシャルに解釈できます。『セルロイド・クローゼット』（ロブ・エプスタイン、ジェフリー・フリードマン監督・1995）は資料的価値のあるドキュメンタリー映画ですが、この映画は**ヘイズコード**（1934年から1968年まで存続したアメリカ映画の自主規制条項）廃止前、すなわち映画で同性愛を描くことがタブーとされていた時代に、異性愛に見せかけてこっそりと同性愛が描かれていたことを暴露していく

（DVD パラマウント ホーム エンタテインメント ジャパン）

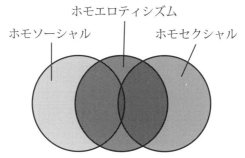

ホモエロティシズム

ホモソーシャル　　　　　　　　　ホモセクシャル

図6　ホモソーシャル　ホモエロティシズム、ホモセクシャルは
重なった概念　ホモエロティズムは中間概念

ものです。同性愛と異性愛の境界がいかに曖昧かを教えてくれ
る秀作でした。

　日本では体育系の男性たちは、練習の後、男同士で風呂に
入ったりします。アメリカは風呂は入りませんが、ロッカー
ルーム文化は存在します。例えば、トム・クルーズ主演の
『トップガン』（トニー・スコット監督・1986）はロッカー
ルームやビーチの場面で男たちの裸身がたっぷりと描かれ、隠
れホモセクシャルの映画だとされています。男同士の裸の付き
合いです。男性の深層心理の中には同性愛的なものが存在して
いるので、それを満たしてくれるのがスポーツなのです。まし
てアメフトとなったら体がぶつかり合うことになるわけだか
ら、極めてホモセクシャルに近いのですが、一線を超えること
まではしない世界です。

　伊藤公雄は日本の男性研究では最も知られている先生です
が、こういう男同士のつながりを**ホモエロティシズム**という言
葉で表現しています。

　ところが、スポーツができない男の子の場合、そこから除外

されることになります。スポーツをしたくないというのではなく、したくてもできない、ホモエロティシズムを味わいたくても、味わうことができないのです。

「下手であっても運動部に入っても構わないじゃないか」という人もいますが、スポーツの場合は、かっこ悪いところを見られるということがありますし、アメフトなどのチームスポーツではできない子は周りの足を引っ張ってしまうため、参加しづらく、ますます苦手意識が募っていきます。そして、男性としての自尊感情が低まっていくのです。

筋肉と頭脳

なぜ、アメリカがマッチョ礼讃の国なのか？　それは一つにはアメリカは元々が未踏の大地で、男性たちはたくましく開拓に従事することが使命とされたからです。自然を征服できる強靭な肉体が求められたのでした。

しかし、時代は変わりました。**フロンティア**が消滅した後の社会では、肉体労働はほとんど機械が肩代わりしてしまい、むしろ肉体の力よりも知性が重んじられる時代となりました。Facebook の創始者マーク・ザッカーバーグを描いた『ソー

（DVD ソニー・ピクチャーズエンターテインメント）

49

シャル・ネットワーク』（デビッド・フィンチャー監督・2010）を見ればわかる通り、主人公（ジェシー・アイゼンバーグ）は風貌は貧弱ですが、SNS時代ではその頭脳で億万長者となります。今や、社会的エリートになるのはマッチョよりも頭脳派の男性なのです。

　にもかかわらず、アメリカのマッチョカルチャーは廃れる気配はありません。グレイソン・ペリーの『男らしさの終焉』という本の中で、女は新しい女になろうとするのに、男は古い男に憧れるという一節があります。なるほど、映画でも女性はどんどん男性的になってきていて、伝統的な意味で女性的な女性像は減っています。なのに、男性はというと、いまだにドゥエイン・ジョンソン、ジェイソン・ステイサムなど筋肉スターが大人気を博しています。『007』シリーズのダニエル・クレイグ、『ミッション・インポッシブル』シリーズのトム・クルーズ、『ボーン』シリーズのマット・デイモンなども、中年になって見事な筋肉質の肉体を保っています。亀井俊介が『アメリカン・ヒーローの系譜』のなかで言うところの、アメリカは頭脳よりも肉体の力を重んじるという伝統は、とっくに肉体の力を必要としなくなってしまった21世紀にあっても健在なのです。

　一方で、頭脳派の男性は、ネガティブに描かれるケースが多いです。先にも触れたとおり、英語ではオタクの人のことを**ナーズ**、あるいは**ギーク**と言います。『ナーズの復讐』（ジェフ・カニュー監督・1984）は小品のコメディですが、肉体と頭脳の対立という視点で考えた時に明快でわかりやすい映画です。話は単純で、大学に入学してきたナーズたちとマッチョ

（この章でいう「マッチョ」とは、体がマッチョというだけではなく、「ジョック」タイプの自己中心的で周りを支配するタイプの男性を指します）な学生たちの対決の話です。アメリカの歴史は「野生」と「文明」の相克であると言われますが、言うまでもなく、マッチョが野生を象徴し、ナーズが文明を象徴します。そして、タイトルが示唆するように、アメリカでは、マッチョの方が権力を持つことができるという前提で話が組み立てられており、搾取されているナーズたちがそれに一矢を報いる筋立てになっています。

　ナーズたちは勉強もできるし、人を傷つけるようなことはしないのですが、マッチョに比べて男性的な魅力はないという描き方がされます。

　開幕、大学に入学するルイスとギルバート、そしてルイスの父が大学へと車を走らせます。ここで注目して欲しいのは、三人とも眼鏡をかけていることです。眼鏡は視力の弱さ、見る主体性の弱さを示します。眼鏡は、映画では、その人の男性度が低いことを示す記号となります。さらに、大学に着いた後、彼らが荷物を寮に運ぶのに一苦労する様子は、彼らには手際よく重いものを運ぶ体力や運動神経が備わっていないことを示唆します。

　大学にはマッチョな体育系の連中が待ち受けているのですが、彼らはマッチョの伝統にもれず、ビールと女とスポーツの日々を過ごしています。そんな彼らが火事を起こしてしまい、自分たちの寮が燃えてしまったため、新入生たちを彼らの寮から追い出すことになります。力づくで追い出されたナーズたちは、大学の体育館に避難することになるのですが、ガランとし

51

た体育館にたくさんのベッドが並ぶ場面は、病院を彷彿とさせるものとなり、ナーズの虚弱さが強調されます。一方で、彼らを分離するカーテンの向こう側では体育系の連中がバスケットの練習をしています。自分たちの都合のみを優先させて支配的に振る舞うマッチョたちと小さくなるしかないナーズたち、この対比の面白さが笑いを誘います。マッチョはマッチョであることに優越感を持っていて、ナーズはナーズであることに劣等感を持っていることが示されていくのです。

　アメリカの大学には、**フラタニティ**という男子学生のクラブが多数存在します（女子学生のクラブは**ソロリティ**）が、ナーズたちはフラタニティに入ろうにも拒否されます。仕方なく、自分たち自身のフラタニティを結成しようとするのですが、大学の会議で否決されてしまいます。彼らに唯一味方してくれそうな「ラムダ、ラムダ」というフラタニティのリーダーは黒人です。ナーズたちのなかには、アジア系やゲイなども混じっており、多様なマイノリティで作られた集団なのですが、マッチョたちは白人ばかりです。21世紀の社会は性的・人種的マイノリティを受け入れる流れへと進んでいますが、ナーズたちの方が**ポリティカル・コレクト**であり、マッチョたちは弱肉強食主義の差別主義者なのです。

　ナーズたちは、ソワソワ、キョロキョロと自信がない態度ですが、それは相手を思いやる優しさにつながっており、「彼ら（マッチョ）が考えるのはスポーツ、僕らが考えるのはセックス」という口説き文句も出てきて、女性とのセックスも、マッチョのような一方的なものではなく、女性の気持ちを配慮したものであることが示唆されます。そんなわけで、最終的には女

性たちもナーズに共感し、マッチョたちも改心して、ナーズの復讐は遂げられることとなります。

　とはいうものの、この映画はコメディです。ナーズの復讐がとげられはするもののナーズを笑いものにしているという感は否めません。

　1980年代の映画ではこれが限界だったのでしょう。

それでも、マッチョになりたい！？

　『男らしさという名の仮面』では、勝ち負けで物事を判断しないことが提案されます。スポーツ教育の問題点は競争を主眼にしてしまうことです。伊藤公雄も「総合遊戯」としてのスポーツを提唱しています。スポーツが苦手な人であってもスポーツクラブだったらお客さん扱いしてもらえるので、できないなりに楽しく体を動かすことができます。しかし、学校ではスポーツ能力が評価の対象となるので苦手な子には過酷です。

　トロプスをご存知でしょうか。Sport（スポーツ）を逆から綴ると Trops（トロプス）になります。スポーツの逆、すなわち競争しないで、身体を動かす遊びという意味です。男性グループでは、しばしばトロプスのワークショップが行われます。競争しなくても楽しく身体を動かすためのイベントです。トロプスは、敗者を出さないスポーツなのです。

　ナーズたちのなかにはどこかでマッチョに憧れている人が多いはずです。やはり、スポーツができて、マッチョな体躯の男はかっこいい。マッチョがもてはやされる伝統に反発していても、ナーズたちの中にはマッチョを憧憬する人が多いように思

います。これは美人の女性がもてはやされるのと同じことなのでしょう。日本でもそうで、インスタグラムなどを見ていて気づくことは、女の子は自分の顔の写真を自撮りしている子が多いです。男の子はマッチョな自分の上半身裸の写真をアップしている子が多いです。女性は顔の美しさを誇示する、男性は体の筋肉を誇示する、この伝統はなかなか廃れないという感があります。

　1990 年代、アメリカでは**ミソポエティック運動**という男性運動が起きました。これは、詩人のロバート・ブライが率いる運動で、男性のエンパワーメントを目的にしたものです。ブライは、1970 年代以降、自分の女性的な側面（感受性・受容性）を大事にするソフトな男性が増えた、そのこと自体は歓迎すべきことだけれど、彼らは男性の精神性（野性性）を掴んでいないため、傷つきやすく、自信がない、そのことが多くの男性の問題を生み出している、「野性の男らしさ」を取り戻すことが男たちのアイデンティティの確立につながるのだと訴えました。1990 年代は男性の家畜化、去勢ということが言われました。男性が優しくなったのはいいけど、覇気が無くなってしまったのです。

　彼の著書『アイアンジョンの魂』はアメリカでは大ベストセラーとなりましたが、この本が 1990 年に出版され、その後を追って、1990 年代後半にこの本で語られていることを彷彿とさせる映画が群れをなして登場します。私はかつて『マッチョになりたい！？　世紀末ハリウッド映画の男性イメージ』という本を出しました。この本では 20 世紀末のハリウッド映画 9 本を分析したのですが、このあたりになってくるとナーズの問

題が真面目に描かれるようになってきたように思えます。私が取り上げた作品の中で、今でもカルト的な人気があるのが『ファイト・クラブ』（デビッド・フィンチャー監督・1999）です。

『ファイト・クラブ』の主人公ジャック（エドワード・ノートン）は不眠症に悩んでいます。自助グループにも参加しているのですが、なかなか気持ちは晴れません。そんな彼が、ブラッド・ピット扮するタイラーという男性に出会い、男性たちが上半身裸で殴り合う地下組織ファイト・クラブに参加することになります。ここで彼は徐々に男性性を築き上げ、最終的には女性と付き合えるようになります。ブライは、男が男になるためには彼らを導く「ワイルドマン」が必要であり、かつての原始社会に存在していたような男性の野性性を獲得する「通過儀礼」を通り過ぎなくてはならないと主張していますが、この映画ではタイラーがワイルドマンであり、ファイト・クラブが通過儀礼となるのです。

女性は生理や出産があるので自然な形で自分の女性性を掴みます。一方で男性は人為的な形で通過儀礼の場を作らないことには男性の本質を掴めない、これは多くの論客たちが訴えてきたことです。女性性は受動的なものですが、男性性は構築されるものなのです。そして、今の社会は文化が複雑になってしまったため、昔のようにスムーズに男性のアイデンティティを構築することができないのです。

彼らのアイデンティティの確立を阻んでいる要素の一つはジェンダーへの間違った囚われです。最近になって、学校の共学化が進み、一見するとジェンダーのない世の中になってきて

いるかのように思えますが、これに関してはむしろ逆効果という意見も多いのです。ジェンダーを吹き込むのは同性よりも異性と言われます。男の子の場合、女の子の前だと強がって、男っぽく振る舞わなくてはというプレッシャーがかかります。そのことが彼らの成長に悪影響を与えます。したがって、ジェンダーの弊害を出さないためには別学の方が好ましいという説もあるのです。

　私は90年代に、「スポーツ音痴」の男性たちの分科会に参加したことがあります。その時に参加者の男性たちが口々に言っていたのは、「女の子がいなかったら、どんなにいいかと思った」ということでした。「男ばかりだったら運動会などでかっこ悪いところを見られても構わない、でも、女の子に見られるのは辛かった」と話していました。ちなみにこの会は女性

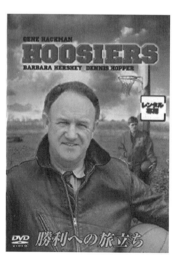

（DVD ユニバーサル・ピクチャーズ・ジャパン）

は参加禁止だったのですが、しばしばジェンダー関連のミーティングは、男性のみ、女性のみと限定して、異性の参加を断るケースがあります。それは異性がいると本音を言えないからです。

　ファイト・クラブは男性でなくては参加できないですし、地下組織だから部外者の女性に見られることもありません。そこで上半身

裸で殴り合うわけだから、
先に述べたホモエロティシ
ズムの発散にもつながりま
す。この映画が今の若い男
の子にも受けるのは、やは
り男性にはどこかでホモエ
ロティシズムを発散したい
という潜在的な欲求がある
からなのでしょう。

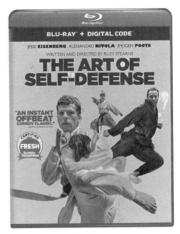

（Blu-Ray Universal Studios）

　また、ファイト・クラブ
はあくまでも強制的なもの
ではないことが重要な部分
です。力が尽きてきたら途中で殴り合いをやめても構いませ
ん。それがルールです。そういうコンテクストであれば、殴り
合いという行為が、単なる暴力ではなく、男性性を獲得する儀
式となるのです。

　『男らしさという名の仮面』では、ある男の子が、インタ
ビューで、彼がロールモデルとしたアメフトのコーチは「暴力
的ではない、信頼できる人だった」と語ります。すなわち、か
つての体育教師のような高圧的に命令するような人ではなく、
メンタルな部分もケアしながら、指導してくれるメンターを少
年たちは必要としているのです。「共感性と誠実さ」を持った
コーチであることが推奨されていると言っていいでしょう。

　『勝利への旅立ち』（デビッド・アンスポー監督・1986）は
インディアナ州の高校のバスケットボールチームの実話を基に
したもので、USA トゥデイ紙が「歴代のスポーツ映画の中で

も最も素晴らしい」と評しているくらいの大傑作です。ポール・クリステセンは、この映画が評価される理由は、コーチとチームのメンバーの上下関係と横の水平な関係のバランスが取れているからだと分析しています。すなわち、コーチとしての指導は果たしつつ、選手たちと水平な信頼関係も保つコーチを描いている部分が何度も見るリピーターを増やしている理由です。こういうメンターがいれば、男の子たちは存分に男性性を発散でき、男性としてのアイデンティティを掴むことができるのです。

『ファイト・クラブ』と限らず、『アメリカン・ビューティー』（サム・メンデス監督・1999）『リプリー』（アンソニー・ミンゲラ監督・1999）など、20世紀末の映画は男性の裸身が同性愛に近い形で描かれるものが非常に多いです。これはポストフェミニズム時代となって、去勢されてしまった男性たちが、ホモエロティシズムに憧れる心理の表象と言っていいと思います。

「男」を葬る

それでは、21世紀になってもこの流れは続いているのでしょうか。

日本では劇場未公開ですが、『恐怖のセンセイ』（ライリー・スターンズ監督・2019）という映画があります。これは21世紀の『ファイト・クラブ』と言っていいかもしれません。臆病で小心で喧嘩なんてできないタイプの男（ジェシー・アイゼンバーグ）が空手を始めるという話です。

　興味深いのは、空手の道場で、練習がひと段落ついたところで男性たちがクールダウンを始める場面です。具体的にはみんな裸になってお互いの体をマッサージし始めます。まさにホモエロティシズムです。しかし、主人公は他のマッチョな男性たちとは違って、貧弱な体なので裸になることに躊躇します。

　この場面は興味深い描写です。一般にアメリカの男性はどこででも上半身裸になります。例えば、大学の男子寮やキャンパスの芝生の上などでは半裸で歩き回っている子、寝そべっている子が多いですし、街中を上裸のまま歩いている男性を見かけるのも珍しくはありません。映画でもアメリカは男性が裸になる場面は非常に多いので、アメリカの男性は裸になることの羞恥心がないのかと思うこともあるのですが、ここでの彼の様子を見ているとやはりアメリカ人でも身体にコンプレックスをもっている男性は抵抗があることがわかります。また、彼は道場で、黄色い帯のままです。黄色は臆病と言う意味があるのだと言うことも忘れてはなりません。

　この道場で彼に空手を指導する先生は、一見マッチョでカリスマ的に見えます。「空手は男のものなんだ」「世の中には男のすることと女のすることがあるのだ」と男女差別肯定主義者です。したがって、女性は能力があっても昇格させようとはしません。実際、道場には女性の生徒は一人しかいません。主人公は男尊女卑的な考えはできない男性なので、この先生に抵抗を感じながらも、彼のもとで空手の訓練をしていきます。しかし、この先生の指導は徐々に暴走していきます。

　ここまでは『ファイト・クラブ』とほぼ同じです。男ばかりの世界のなかで、ひ弱な男性が男性性を構築しようとするとい

う枠組です。しかし、この映画では最終的には超男性的なこの先生を殺してしまうことになります。『ファイト・クラブ』もタイラーはジャックが空想の中で作りあげた人物であり、最終的にはジャックに吸収されてしまうのですが、『恐怖のセンセイ』は、もっとブラックで、空手の先生を馬鹿にした終わり方になります。すなわち、カリスマ性や男性性はあっても、残忍な部分のある男性は否定することになるのです。これは先ほどの体育の先生問題とつながります。こういう先生はそれなりの魅力はあるにしても、否定すべき存在であることが示唆されるのです。

　『男らしさという名の仮面』で、「少年の半分以上が身体的虐待を受けている」「6人に1人の少年が性的虐待を受けている」「虐待やニグレクトされた子供は犯罪に巻き込まれる可能性が9倍である」というデータが出されます。

　この映画の先生のような男性は、自分もどこかで人からトラウマを負わされていて、鬱屈したルサンチマンを抱えているため、自分よりも弱い立場の人間を物扱いすることによって、トラウマを解消しようとする心理に陥っています。「暴力は連鎖する」のです。したがって、どこかでその連鎖を止めなくてはなりません。現実には殺すというのは行き過ぎですが、この映画はブラックコメディ的なフィクションなので、こういう男性に憧れる自分を自分の中から消すことのメタファーと捉えていいかと思われます。主人公の中から、この男性を葬り去ることで暴力の連鎖が終わる、そう解釈してはどうでしょうか。

　スポーツは人格を作るという神話がありますが、必ずしもそうとは言えません。もちろん、スポーツを頑張ることのプラス

な部分はありますし、ホモエロティシズムの発散にもつながりますが、やり方が問題になるケースは多いでしょう。今となっては、日本の伝説的な漫画『巨人の星』の星飛雄馬のお父さんも虐待親であると非難されています（https://sipe-selye.co.jp/lectures/answer_261/）。

　スポーツ選手の中にも問題行動を起こす人はたくさんいます。21世紀の映画はむしろスポーツのマイナス面を描くものが目立っています。

　アカデミー長編ドキュメンタリー映画賞受賞の『イカロス』（ブライアン・フォーゲル監督・2017）はドーピングの問題を扱っています。『アイ・トーニャ』（グレイグ・ガレスピー監督・2017）は、実際に起きたフィギュアスケート界のスキャンダルを扱っていますが、毒母（アリソン・ジャーニー、この映画でアカデミー賞助演女優賞受賞）の存在感が強烈で、出てくる人が嫌な人ばかりです。ウィル・スミス主演の『コンカッション』（ピーター・ランデズマン監督・2015）はナショナル・フットボール・リーグの選手たちと慢性外傷性脳症との関連を摘発しています。

　21世紀に入って、単純なスポーツ根性映画も減ってきたように思います。女性ボクサーを描いて、数々のアカデミー賞に輝いた『ミリオンダラー・ベイビー』（クリント・イーストウッド監督・2004）は途中まではスポ根かと思ってしまいますが、後半から貧困や安楽死の問題へとテーマが移行していきます。ベン・アフレックがバスケットのコーチに扮した『ザ・ウェイバック』（ギャヴィン・オコナー監督・2020）もそれまでアルコール中毒だった彼の心の葛藤が焦点です。

　サンドラ・ブロックがアカデミー賞主演女優賞受賞の『しあわせの隠れ場所』（ジョン・リー・ハンコック監督・2009）は、貧しい黒人のアメフト選手を援助する上流の女性、実話に基づく「**白人の救世主（white savior）**」の話です。また、ボクシングを扱った『ザ・ファイター』（デヴィッド・O・ラッセル監督・2010）はアイルランド系の家族とお金の問題が絡みます。『クリード　炎の宿敵』（ライアン・クーグラー監督・2015）は『ロッキー』シリーズのスピンオフで、往年のボクサーと彼の若い頃のライバルの黒人の息子という設定が強調されています。

　またベネット・ミラー監督は、『マネーボール』（2011）『フォックスキャッチャー』（2014）と連続してスポーツ映画を手掛けていますが、両方とも実話です。前者は統計学的手法を用いて、弱小の野球球団を強豪チームにしていく裏方が話の中心です。後者は、レスリングの世界が舞台ですが、実際に起きた殺人事件を題材としています。両者とも決して肉体を駆使するスポ根映画ではないのです。

（DVD ソニー・ピクチャーズエンタテインメント）

　21世紀の映画で、私が個人的に最も爽やかだと感じたスポーツ映画は『リア

ル・スティール』（ショーン・レヴィ監督・2011）ですが、こ
れはボクシングが廃れた世界が舞台で、ロボット格闘技の話。
人間は操縦のみで闘うのはロボットです。スポーツに対する捉
え方も少しずつ多様化しているのではないでしょうか？

　ちなみに映画界はナーズが多いはずです。一般にスポーツマ
ンで、肉食系の人は映画なんかに夢中にはなりません。私も映
画少年だった頃、『キングコング』（ジョン・ギラーミン監督・
1976）や『ジョーズ』（スティーブン・スピルバーグ監督・
1975）みたいな映画だったら堂々と見に行けるけど、恋愛も
のだとか、女性が主人公のものだと行くのが恥ずかしいという
思いがありました。当時『リトル・ロマンス』（ジョージ・ロ
イ・ヒル監督・1979）という映画オタクの少年を主人公にし
た映画があったのですが、彼は友達もいない男の子で、だから
こそ映画のなかのヒーローのみを友達にしているという描かれ
方をしていました。映画のような感情に訴えかけるものに嵌る
のは、非モテ系の男子というステレオタイプは当時から存在し
ていたのです。

　映画界がナーズの集まりだとしたら、これからますますナー
ズの映画を開拓していくのではないでしょうか。とは言って
も、『ソーシャル・ネットワーク』『スティーブ・ジョブズ』
（ダニー・ボイル監督・2016）など、頭脳派男性の話もそれな
りに陰鬱です。ナーズ礼賛というのではありません。まだ自分
のアイデンティティをつかむところまではいっていないです。
マッチョにせよ、ナーズにせよ、まだまだ男性たちの受難の旅
は続きそうです。

コラム②　アメリカの高校生の必読図書

『ウォールフラワー』の主人公の本棚の場面を思い出しましょう。まさにアメリカの高校生の必読図書とも言うべき本が並んでいます。

『セパレート・ピース』
『グレート・ギャツビー』
『アラバマ物語』
『ライ麦畑でつかまえて』
『路上』
『アルベール・カミュ』
『ウォールデン』

『グレート・ギャツビー』と『ライ麦畑でつかまえて』は本書の他の箇所で言及していますので、ここでは他のものについて解説します。

ここにあげられたなかで、ジョン・ノウルズの『セパレート・ピース』（1959）は日本ではそれほど知られていませんが、アメリカでは高校生たちが読むべき本として必須になっているのだそうです。

アメリカ北東部のニュー・イングランド地方にある名門寄宿学校（**プレップ・スクール**）が舞台です。勉強は得意だけど、スポーツは苦手で大人しい性格のジーンとスポーツ万能だけど、勉強嫌いで社交的なフィニーは親友なのですが、資質が真逆なのでお互いに相手に嫉妬を感じてもいます。そこで、

フィーニーが怪我をし、スポーツができない体になってしまいます。それはジーンが原因を作ったものだったのです。

　思春期の頃は感情の振幅が激しいですし、ちょっとした躓きで人生が大きく変わったりしますが、それを表現した物語なのです。この小説もスポーツ問題が絡みます。やはりスポーツのできる子は羨ましがられるのです。

　プレップスクールの男子高校生（プレッピー）の様子はロビン・ウィリアムス主演の『いまを生きる』（ピーター・ウィアー監督・1989）にも描かれていますので、関心のある人はそちらもご覧ください。

　ハーパー・リーの『アラバマ物語』（1960）は、人種差別の激しいアラバマ州で、白人の女の子に性的虐待をしたという嫌疑をかけられる黒人を弁護するアティカス・フィンチという弁護士を描いています。これは映画版（ロバート・マリガン監督・1962）も有名で、AFI が選んだアメリカ映画のヒーロー 50 では、見事アティカスが 1 位に選ばれています。アメリカでは、逆境の中を信念のために戦う男性が称賛されます。

　ヘンリー・デイヴィッド・ソローの『ウォールデン 森の生活』（1854）は、ソローがウォールデン

（DVD ジェネオン・ユニバーサル）

65

池のほとりの小屋で、自然や湖、動物と接しながら、自給自足の生活を送った時の回想録です。人間の精神、哲学、労働、社会の本質などを考えていく本と言っていいでしょう。アメリカは田舎にその精神が残っていると言われますが、そのことについても考えさせられます。

　アルベール・カミュは、フランスの作家です。『異邦人』（1942）で有名ですが、最近ではコロナのせいで『ペスト』（1947）も読まれています。カミュの著作は「不条理」を描いていきます。彼はニヒリスティックな文体で、生の意味を探しもとめた人とされています。

　ジャック・ケルアックの『路上』（1957）はケルアックの友人である、アレン・ギンズバーグ、ウィリアム・バロウズ、ニール・キャサディ等ビート・ジェネレーションの指導的立場に立った人物をモデルにしています。ビートジェネレーションは精神の解放を訴え、ベトナム反戦、公民権運動、性の解放、女性・黒人・性的マイノリティの解放運動、ヒッピー文化に大きな影響を与えた作家たちです。『路上』は『オン・ザ・ロード』（ウォルター・サレス監督・2012）という映画にもなっていますが、1940年代から50年代のアメリカを舞台に、彼らがアメリカ大陸を自由に放浪する話です。特にヒッピーからは熱狂的に支持された本とされています。

　今でもアメリカの高校生はこういう本を読まされると聞いています。自然との生活、不条理、正義の追求、高校生の繊細な心理など、厳選されています。しかし、近代社会は自然よりも文明を志向してきましたし、カミュやケルアックのような社会に反抗するような人は社会のはみ出しものになります。広い視

野を持つために高校生はこういう本を読まされるわけですが、本に書かれているような生き方をしたら、俗世間では社会不適応者となってしまいます。人間はどう生きたらいいのでしょうか？

　高校生は迷いながら生きているのでしょう。青春は明るいものではありません。

3章 ＃Me Too: ミサンドリーとミソジニー

　21世紀になって起きたジェンダー関連の事件といえば、＃Me Too運動をあげなくてはなりません。ハリウッドを代表する大物プロデューサー、ハーヴェイ・ワインスタインによる数々のセクハラが明るみになり、これまで被害を受けてきた女性たちが、それに立ち向かおうとしたのです。

　話題になったのはゴールデングローブ賞の授賞式です。ゴールデングローブ賞はアカデミー賞の前哨戦とされる賞で、毎年スター女優たちが華やかなイブニングドレスに身を包み颯爽と授賞式に現れるのですが、2018年は彼女たちが前もって申し合わせ、全員が黒のドレスで授賞式に出席しました。女性たちの団結を示すためのレジスタンスです。もちろん、セクハラやパワハラの犠牲者は女性だけではありません。男性でも不当な扱いを受けてきた人たちはこの運動に参加することになりました。

　ここでフェミニズムの歴史を簡単に振り返ってみましょう。今となってはフェミニズムという言葉すら知らない人も多いと思いますが、フェミニズムは女性の権利の拡張運動です。今から40年ほど前、日本では、女性にレディファーストをしてくれるような、女性に優しい男性をフェミニストと呼んでいた時期があり、今でもそう思っている人がいるのですが、これは大きな誤解です。まったく逆で、フェミニズムを推進させる立場の人たちはレディファーストは要求しないのが鉄則です。レディファーストを要求してしまうと男性を差別することにもなりますし、女性は男性に守ってもらうべき弱い存在なのだとい

うことを自ら認めることになるからです。

　第一波フェミニズムは、政治的な平等を目指すもので、女性の投票権が争点になりました。アメリカでは 1920 年に女性の参政権が達成されています。日本は 1945 年です。

　第二波フェミニズムは、1960 年代から 1970 年代にピークを迎えますが、こちらは性別によって決めつけられる社会的な役割や、女性ジェンダーへの抵抗をあらわしたものです。アメリカでは、ベティ・フリーダンの『新しい女性の創造』という本が口火を切ったとされています。

　そして第三波フェミニズムは 1990 年代。第二波フェミニズムほど激しい運動が起きたわけではないので、いまいち区別がつかないのですが、「自分らしさ」「正直さ」の肯定です。**ガールパワー**などがこれに当たるのだそうです。

　第四波フェミニズムは # Me Too や **Time's Up** など SNS で起きたフェミニズムを指すようですが、これは第二波フェミニズムの徹底であるとも言われています。

　普通はフェミニズムといえば、第二波フェミニズムを指すことが多いです。本書でもフェミニズムという場合は第二波フェミニズムを指します。この時期のフェミニズムは**ラディカルフェミニズム**と言われました。映画でも第二波フェミニズムを機に女性の描き方が大きく変わります。

変わっていく女性像

　では、ここで、女性映画の流れにも目を向けておきましょう。映画では第二波フェミニズム運動が盛んになる以前の

1950 年代くらいまでは、女性が主役のものといえば所謂**メロドラマ**が多かったように思われます。

　メロドラマというと、悪い意味で使われる言葉でもあります。偶然のドラマツルギーという言い方がされるのですが、メロドラマでは、ありえないような悲劇が偶然に連続して起きて、それにヒロインが翻弄されます。過剰にドラマチックで、お涙頂戴的です。しかし、ジェンダーや映画の研究が進むにつれて、これらの映画は名作として位置付けられるようになっていきました。

　アメリカのメロドラマの巨匠として有名なのはダグラス・サークで、『心のともしび』（1954）『天はすべて許し給う』（1955）『風と共に散る』（1956）『悲しみは空の彼方に』（1959）など、数々の作品を残しました。

　メアリ・アン・ドーンの『欲望への欲望』は精神分析的な角度から 1950 年代のメロドラマを分析した名著ですが、ここでは、当時の映画では、女性たちは、夫のため、子供のため、仕事のために何かを犠牲にしなくてはならない筋立てになっていることが語られています。

　女性は利他的で、自分よりも相手のことを思いやらなくてはならないというジェンダー意識が根強いため、女性が何かを得るためには他の大事なものを捨てなくてはならないという苦悩が当時の女性映画のテーマでした。自己犠牲のドラマという言い方もできます。

　ポストフェミニズム時代（フェミニズム後の時代）になってくると、これが一歩進んで、ただ単に女性の置かれている状況を嘆くのではなく、社会に対して問題提起をする女性映画が増

えます。

　フェミニズム運動の嵐が吹き荒れた後の 1977 年、『愛と喝采の日々』（ハーバート・ロス監督）という映画が公開になりました。この映画では、バレエの世界を舞台にバレリーナとして生きたが故に家庭を持つことができなかった女性と、家庭を選んだためにバレエを捨てざるを得なかった女性、かつてはライバルであり、親友だった二人が、自分の捨てたものへの未練を剥き出しにして、女同士の掴み合いの喧嘩をする場面があります。男性だったら、結婚か仕事かで悩むことはまずありません。しかし、女性の場合、家事・育児は女性が責任を持つべきだという考えが強いため、両立することが時として難しく、二者択一を迫られることになります。その不公平がテーマになるのです。

　また同じ時期に『グッバイガール』（ハーバート・ロス監督・1977）と『結婚しない女』（ポール・マザースキー監督・1978）の両作も公開されて、これも対照的な生き方だと話題になりました。両方とも夫に捨てられた女性が他の男性と結ばれるまでの話なのですが、前者は男性に痛い目に遭わされても再婚したいと願う女性の話であり、後者は恋人との関係は続けるけれど再婚はしないという女性の話です。

　これらの映画には新しい女性の時代へ向けてのメッセージがこめられています。まだメロドラマ的な要素はあるものの、いずれも自分で主体的に選んだ道だから後悔はしないというところで映画は終わります。その点がプレフェミニズム時代（フェミニズム前の時代）の映画とは一線を画していますが、当時の女性映画は「女性と結婚」という部分が大きな問題になってい

ることがわかっていただけるかと思います。

　この頃までは結婚はすべきものであり、しない選択をする女性も苦悩するし、しようとすると自由がなくなる、そういう葛藤で悩む女性が多かったのです。

　それが 1980 年代になってくると、セクハラや DV がテーマのものが増えていきます。そもそもセクハラという言葉は 1970 年代に生まれています。この言葉を作ったのはグロリア・ステイサムという有名なフェミニストで彼女の人生はジュリアン・ムーアの主演で『グロリアス』（ジュリー・テイモア監督・2020）という映画になりました。

　日本でもセクハラという言葉が一般化し始めたのは 80 年代ぐらい、DV はもっと遅くて 90 年代です。それまでセクハラや DV がなかったわけではなく、それまでの社会では問題にされていなかったのです。女性たちは泣き寝入りするしかなかったのでした。

　レイプ問題を描いた『告発の行方』（ジョナサン・カプラン監督・1988）や『テルマ＆ルイーズ』（リドリー・スコット監督・1991）は、アカデミー賞も受賞した有名な映画ですが、前者では裁判で自分のレイプ被害を訴えるジョディ・フォスターの渾身の演技が圧巻です。彼女はこの映画でアカデミー賞主演女優賞を受賞しました。

　女性問題に関心のある人には、私は個人的には、『黙秘』（テイラー・ハックフォード監督・1994）をお勧めしたいと思います。これはあまり大きなヒットにはならなかったのですが、隠された名作の一つだと言われています。ここまで女性問題を徹底的に女性の立場から描いた映画は思い当たりません。

舞台となるのはアメリカ北東部のメイン州です。回想場面で、ヒロインのドロレス（キャシー・ベイツ）の夫の横暴ぶりが描かれます。夫は猟師なのですが、飲んだくれで、妻をブスと罵り、彼女の態度が癇に障るとバットで殴り、彼女が娘の学費のために貯めていた貯金を使い込み、さらに娘には性的虐待をしています。

（DVD ワーナー・ホーム・ビデオ）

　周りの男性たちはそのことがわかっていても彼女に手を差し伸べることはしてくれません。彼女はお金持ちの屋敷で、女中として働くことになるのですが、そこの女主人に教唆されて夫を事故に見せかけて殺してしまいます。この夫殺しの場面が、皆既日食と重ね合わせて描かれていて、映像的な魅力になっています。

　実はこの女主人も夫を亡くしていて、夫が死んだ後で生き返ったように元気になったのですが、夫の生前、彼の横暴に散々泣かされてきたことが暗示されます。「ドロレス、世の中は悲しいくらいに男の世界なのよ。でも女には事故という名の味方があるの」と涙を流す女主人。女には事故という名の味方がある、すなわち、世の中には事故に見せかけて男性を殺している女性がたくさんいることを仄めかすセリフです。彼女もひょっとして事故に見せかけて夫を殺したのかもしれません。

　しかし、この映画はその部分は問題にはせず、あくまで女性

73

に同情的に描いていきます。ドロレスの娘は大学を卒業した後、都会でキャリアウーマンをしているのですが、父親から受けた虐待のせいで、今でも男性とは行きずりの関係しか持つことはできません。それくらいトラウマは長引くものなのです。DV 被害者あさみまなの『いつか愛せる』という本がありますが、自分を傷つけた相手をいつか許せる、いつか愛せる日が来ればいいのだけれど、それには相当の時間薬がいります。また、男性からトラウマを負わされた女性の中には男性全てに憎しみを抱いてしまっている女性もいます。

　原作は『スタンド・バイ・ミー』や『ショーシャンクの空に』（フランク・ダラボン監督・1994）のスティーブン・キング。この映画を男性が作ったことは意外でもあります。しかし、この映画が出る 1990 年代あたりから女性に対する DV の問題はしきりにマスコミを賑わせるようになりました。DV の被害に合う女性たちは、「私が女として至らないからだ」と自分を責めているケースが多いのですが、もう我慢ばかりはしていられない、これまで耐えていた私がバカだったという逆転現象が起きていくのです。Time's up です。

21 世紀のミサンドリー映画

　男性嫌悪・男性蔑視のことを**ミサンドリー**と言います。ミソジニーは女性嫌悪・女性蔑視のことですが、その対語として最近になって使われるようになった言葉です。『広がるミサンドリー : ポピュラーカルチャー、メディアにおける男性差別』という本も出ていますので、関心のある人はそちらを読んでみて

ください。

　21 世紀の映画でミサンドリー的な映画を列記してみると次のようなものが挙げられます。いずれも、女性が男性から受けたトラウマをテーマにしていて、男性を同情の余地のない俗物と描いているという意味でミサンドリーといえます。

　『イナフ』（マイケル・アプテッド監督・2002）
　『モンスター』（パティ・ジェンキンス監督・2003）
　『スタンドアップ』（ニキ・カーロ監督・2005）
　『ルーム』（レニー・アブラハムソン監督・2015）
　『スリービルボード』（マーティン・マクドナー監督・2017）
　『バトル・オブ・ザ・セクシーズ』（ヴァレリー・ファリス、
　ジョナサン・デイトン監督・2017）
　『天才作家の妻　40 年目の真実』（ビョルン・ルンゲ監督・
　2017）
　『スキャンダル』（ジェイ・ローチ監督・2019）
　『ハスラーズ』（ローリーン・スカファリア監督・2019）
　『透明人間』（リー・ワネル監督・2020）

　『イナフ』は、ジェニファー・ロペス扮するウエイトレスを、無礼な男のお客からかっこよく守ってくれた男性が、結婚してみたら浮気性の DV 男性だったという話です。彼女は裁判所に相談に行きます。告訴することはできるのですが、彼はお金持ちなのでお金を払えばすぐに保釈されます。そうなるとまた元の木網になる。そうならないために保護申請を出すこともできるのですが、保護申請をしても完全に夫から逃れることは

（DVD ソニー・ピクチャーズエンタテインメント）

できません。また子供の方にも危険がおよぶと証明できない限り、夫が子供に面会することを拒否することはできません。この夫の場合、子供には暴力を振るっていないので、シャットアウトすることはできないのです。

彼女は友人に協力してもらって子供を連れて逃げ出すのですが、彼は彼女の銀行口座を凍結してしまい、執拗にストーキングしてきます。元恋人だった男性のところに身を寄せる彼女ですが、そこにも追いかけてきます。仕方なく彼女はサンフランシスコの父に頼ろうとするのですが、彼も冷淡です。彼女は戸籍を変えてミシガン州で他の女性として生活を始めますが、電話も逆探知されることになります。警察に訴えた時点で事件が終わるような簡単なものではないのです。

日本でも DV は人によって認識が大きく違っています。お母さんもお父さんから殴られていたから夫が妻を殴るのは当たり前のことと思っている女性もいますが、一方で、男性が女性を殴るなんて、氷山の一角だと思って、他人事みたいにしか思っていない女性も多いのです。現実には、この映画で描かれるようなことはしばしば聞きます。そのため、DV 被害者のための**シェルター**はあちこちにつくられています。夫のストーキングから逃れるのは大変なのです。

　さらにこの映画にはもう一捻りあって、最初に彼女にからんでいた客は夫とグルだったことがわかります。つまり夫はその男性と打ち合わせして、彼女の前でかっこいいところを見せることで彼女を自分のものにする、そういう演出をしていたのです。

　『モンスター』『スタンドアップ』『スキャンダル』は 3 作ともシャーリーズ・セロンの主演です。セロンは今やハリウッドを代表する女優の一人ですが、南アフリカ共和国の出身です。この人は壮絶な少女時代を過ごしたことで知られており、父親はアルコール依存症の DV 男性。彼女が 15 歳の時に、父が酔っ払って銃を発砲したため、母が彼女の目の前で、父を射殺したという過去を背負っています。母は正当防衛が認められたわけですが、この経験もあってか、彼女は女性問題を摘発する役を相次いで演じています。

　『モンスター』ではアイリーン・ウォーノスという実在のレズビアンの死刑囚役を演じてアカデミー賞主演女優賞を獲得しました。ウォーノスは 2002 年に死刑執行されているシリアルキラーです。とはいうものの、幼少期に親から虐待され、娼婦になり、暴行やレイプを受けるという驚愕させられるような人生を歩んでいます。同情の余地は十分にあるのです。

　『ルーム』で一躍アカデミー賞主演女優賞を獲得したブリー・ラーソンもフェミニズム的な意識を持った女優として有名です。アカデミー賞の授賞式では、通例として前年の女優賞受賞者が男優賞のプレゼンターを務めるので、翌年の授賞式で彼女は主演男優賞のプレゼンターとして現れたのですが、この時彼女が、『マンチェスター・バイ・ザ・シー』（ケネス・ロ

（DVD Happinet）

ナーガン監督・2016）で受賞したケイシー・アフレックに拍手をしなかったことが話題になりました。アフレックは以前セクハラで訴えられたことがあり、セクハラ防止の運動をしているラーソンは、彼の受賞を好ましく思わなかったのだと勘繰られました。

　『ルーム』は異常な設定の映画です。彼女が演じるジョイは息子のジャックと小さな物置のような部屋で暮らしています。彼女は 7 年前に男性に誘拐され、監禁され、それから一度もこの部屋から出たことがないのです。彼女の息子は外の世界を見たことすらありません。相手の男性は夜になると食料を持ってくるので、食べるには困らないにしても、想像しただけで恐ろしいくらいの閉塞感です。そんな絶望的な状況の中でもジョイは前向きに生きています。ラーソンはやはり強い女性が似合う人です。この後、二人はどうにか逃げ出すことになるのですが、ここで過酷な現実が待っています。彼女は失われた時間を痛感せざるをえなくなるのです。PTSD は当事者には深刻です。この物語は、オーストリアで起きた「フリッツル事件」を下敷きにしているとのことです。フリッツル事件の方は 24 年間の監禁だったとのことなので、映画よりもさらに過酷です。

　『スリービルボード』は、娘がレイプされて殺されたこと

で母親が復讐に出る話です。舞台はミズーリ州の小さな町。母親のミルドレッド（フランシス・マクドーマンド）は町はずれの道路沿いの殺害現場に 3 枚の広告板（スリー・ビルボード）を借り、そこに「娘はレイプされて焼き殺された」「未だに犯人が捕まらない」「どうして、ウィロビー署長？」というメッセージを張り出すことになります。彼女が怒るのは、事件が起きて何ヶ月も経っているのに警察が何もしようとしないことなのです。ミルドレッドは娘が殺される直前に素行の悪い彼女と激しい口論となり、「お前なんかレイプされればいい」と言わずもがなのことを言ってしまっているので、自責の想いもあり、葛藤しているのです。

　フランシス・マクドーマンドはこの映画で二度目のアカデミー賞主演女優賞を受賞したのですが、受賞のスピーチで、Inclusion Rider という言葉を使ったのが話題になりました。Inclusion Rider とは、契約書の中の衡平法条項で、映画のキャストの性別や人種比が、デモグラフィー（人口統計）と正確に一致するべきだとするものです。すなわち、女性、黒人、ヒスパニック、ネイティブアメリカン、LGBT など多様な人々を映画に登場させるべきだという訴えです。ハリウッドの歴史の中で長く問題視されてきた白人異性愛男性中心主義は、21 世紀になって徐々に改善されてきているようには思うのですが、それをさらに抜本的に解決することを訴えたのです。

　『バトル・オブ・ザ・セクシーズ』（ジョナサン・デイトン、ヴァレリー・ファリス監督・2017）は実話に基づく映画です。1973 年にテニス選手ビリー・ジーン・キングと当時 55 歳になっていた往年のテニス選手ボビー・リッグスの間で行われた

「性別間の戦い」と呼ばれる試合を描いています。ボビー（スティーブ・カレル）は男性優位主義者で、スポーツで女が男に勝てるわけがないと高を括っているのですが、ビリー（エマ・ストーン）の作戦の前に敗北してしまいます。自信過剰の男尊女卑男性の鼻をへし折る映画です。

　フェミニズムやジェンダーの運動は 21 世紀になって下火だったのですが、最近になって再燃したという感があります。『天才作家の妻　40 年目の真実』は、その見地から見ることのできる映画です。この映画で、ゴールデングローブ賞主演女優賞を獲得したグレン・クローズは壇上で涙のスピーチをしましたが、彼女は 1947 年生まれで、フェミニスト世代。最もフェミニズムが盛んだった頃に若い日を過ごした女優です。それ以前の女性たちは、社会的なことよりも、妻・母・娘として生きざるを得ませんでした。それに対する反発が 1960 年代以降のラディカルフェミニズムにつながり、男女平等を求めて女性たちは頑張ったのですが、結果として結婚や出産を後回しにせざるを得ないという事態にもなりました。クローズは 1980 年代に社会現象となった『危険な情事』（エイドリアン・ライン監督・1987）で、キャリアを優先させたがために婚期をいっし、妻子ある男性をストーキングする女性を演じています。『天才作家の妻　40 年目の真実』でも 40 年間夫の内助の功のためだけに生きてきた妻が、ついに怒りを爆発させるまでを繊細に表現するクローズの表情の演技は見ものです。

　『ハスラーズ』は実話なのですが、ここでは、ジェニファー・ロペスがストリッパー役を演じています。彼女たちが露出するごとにお金が積まれていく様子は、女性の「性の商品

化」という言葉を彷彿させます。この映画では、**リーマンショック**の後、お金に困った女性たちが、俗物男たちからお金を巻き上げていく話です。この映画のストリッパーたちは、開き直って、自分の女性の部分を利用して、彼らに復讐しようとしていきます。

『透明人間』はDVをされていた女性が、夫が死んだ後も夫の透明人間から苦しめられるスリラーで、ヒロインのトラウマのメタファーとして見ると面白いと思います。DVのトラウマは加害者がいなくなっても延々と続いていく、被害者はトラウマを消化できず、何度も反芻してしまうのです。

以上の映画は、いずれも男性を悪く描いていますから、男性のなかには気分が悪くなる人もいるかもしれませんが、私はこういう映画もたくさん作られていいと思います。女性や弱者に対するDVやパワハラやセクハラは後を断ちません。加害者の人たちは、自分のしていることの深刻さに気がついていない人が多いですし、映画でそれを描くことで自覚を促すことが大事だと思うからです。

レイプ・カルチャー

アカデミー賞ドキュメンタリー賞にノミネートされた『ハンティング・グラウンド』（カービー・ディック監督・2015）は大学内で起きるレイプを取り上げています。16％の女子学生がセクハラの被害に遭っているにもかかわらず、学校の方は取り合ってくれない、大学としては自分たちの学校のブランドを守りたいので事件を表にしたくないのです。先の『告発の行

方』でもそれは描かれますが、女性の方が挑発的な態度をとったからだと女性のせいにされてしまいます。あるいはなぜ、抵抗しなかったのかと責められることにもなります。

『テルマ＆ルイーズ』では、男に襲われ、泣いているテルマ（ジーナ・デイヴィス）を救う時に、ルイーズ（スーザン・サランドン）が「女がこういう泣きかたをするときは楽しい気持ちなんてないの！」と怒って、銃を発射してしまいます。ルイーズはかつてレイプされた経験があるので、そのトラウマがフラッシュバックしてきたのでしょう。女性が嫌がったような態度をとっていても、肉食系の男性は「嫌い嫌いも好きのうち」と彼女が喜んでいると解釈してしまうのです。

『オードリーとデイジー』（ボンニ・コーエン、ジョン・シェンク監督・2016）はレイプされたことが原因で自殺した女の子たちを追跡していくドキュメンタリー映画です。ただ単に被害を受けただけだったら彼女たちは自殺していない、その後周りの人がそのトラウマを理解してくれないから**セカンドレイプ**となります。レイプやセクハラと限らず、人の受けた傷を勝手にたいしたことじゃないとジャッジすることは、相手を深刻に傷つけるのです。

『フリーセックス　真の自由とは？』（ベンジャミン・ノロ監督・2017）はアメリカのレイプ・カルチャーを描いています。フロリダのビーチで遊びまくるアメリカの大学生たちのドキュメンタリー映画なのですが、この映画ではセックスが愛を育むものではなく、できる限りセックスした相手の数を増やすことに価値を置くものとして描かれています。同調圧力のせいもあるのでしょうが、女性の方もそれに応えることを考えるよ

82

うな状況になってしまっています。たくさんの女性とセックスができる男性の方が男らしいという考え方が充満しています。

『男らしさという名の仮面』では、30％以上の若い男性がレイプの可能性を示唆し、女性の5人に一人が性的暴行あるいはそういう恐怖を感じたことがあると語られています。男性がレイプする理由は、「これで、俺も男の仲間だ！」という「ホリゾンタルな喜び」と、「俺の方が女より上だ」という「ヴァーティカルな欲望」のせいだと語られています。

日本の場合もそうなのですが、若い人たちはメディアから性の知識を学んでしまっています。男性が性欲を発散するために見るアダルトビデオでは、レイプものやボンデージものが多いことが問題になります。つまり、女性を性欲の発散のための道具みたいに扱う映像を男の子たちは見てきているので、セックスに対する感覚が麻痺しているのかもしれないのです。性の知識は相手の女性（男性）から学ぶべきことなのですが、メディアで描かれていることが本当だと思ってしまっています。私自身も映画研究者なのでメディアが大好きですが、**メディアリテラシー**を養わなくては、メディアに洗脳されることになってしまいます。

とはいうものの、『ハンティング・グラウンド』でも語られているように、レイプするような男性は一部です。一部の男性が複数の女性にセクハラやレイプをしてしまうため、被害者が増えます。また、性的被害に遭うのは女性だけではありません。男性も被害に遭います。だけど、男性の場合は女性以上にそれを公にすることが難しいのです。男性は強くあるべきだから、セクハラされる男性の方がみっともないという考えにたど

り着くからです。

　こうやって見てくるとジェンダーに対する間違った思い込み
が男女両性を苦しめています。

新しい女性の時代

　しかし、女性は前向きです。

　シアーシャ・ローナンは若手女優の成長株で25歳の若さで
4度アカデミー賞にノミネートの経験を持っていますが、彼女
の主演による『ブルックリン』（ジョン・クローリー監督・
2015）『レディ・バード』（グレタ・ガーウィン監督・2017）
『ストーリー・オブ・マイライフ　私の若草物語』（グレタ・
ガーウィン監督・2019）
は全てフェミニズム的な視
点を持っています。

（DVD NBC ユニバーサル・エンターテイメント
ジャパン）

　『ブルックリン』はヨー
ロッパから渡ってきたアイ
ルランド系の女の子が自立
していく話で、彼女はヨー
ロッパを帰ることの選択は
捨てて、ニューヨークで新
しいアイデンティティを見
つけます。

　『レディ・バード』は高
校生の女の子が大学に入る
までの話ですが、このヒロ

インも恋愛や大学に対して前向きです。

そして『ストーリー・オブ・マイライフ』は、有名なオルコットの小説『若草物語』（1868）のリメイクです。これはこれまで何度も映画化されていますが、今回は彼女がボーイフレンドよりも作家としてのキャリアを選びます。しかもそれが悲劇的なこととしてではなく、前向きにとらえられていて、ユーモアもたっぷりの傑作となっています。

後の二作はグレタ・ガーウィンの監督作ですが、彼女は最も注目されている女性監督の一人です。彼女はハリウッドの新たな担い手になるに違いありません。

21世紀になって、女の子の物語の読み直しも進んでいます。ディズニーの『白雪姫』（デイヴィッド・ハンド監督・1937）『シンデレラ』（ウィルフレッド・ジャクソン、ハミルトン・ラスク、クライド・ジェロニミ監督・1950）『眠れる森の美女』（クライド・ジェロニミ監督・1959）などは、フェミニストたちから相当の非難も浴びてきました。ひたすら従順で綺麗な女の子であれば白馬の王子が救いに来るというメッセージを送ってきているからです。これに関しては80年代頃から、『シンデレラコンプレックス』『白雪姫コンプレックス』『眠れる森の美女にさよならのキスを』など、タイトルを見ただけで、大っぴらに反撃する内容の本が出されたりもしました。

一方で、男の子の物語も、『ピノキオ』（ベン・シャープスティーン、ハミルトン・ラスク監督・1940）『ダンボ』（ベン・シャープスティーン監督・1941）『バンビ』（デイヴィッド・ハンド監督・1942）など、男の子が数々の困難を経て一人前の男になっていくというお定まりのパターンです。伝統的

なジェンダーを教育してきたのはディズニー映画だったと言っても過言ではありません。

　ディズニー映画で最も映画として評価が高いのは『白雪姫』ですが、この映画を見て驚くのは料理、掃除、洗濯の場面が多いこと！？　やはり「女は家事」という価値観が強かったことが伺えます。また、この系統の映画の問題点は、王子と結ばれるまでを描いて、Happily ever after（その後幸せに暮らしましたとさ）で終わってしまうところです。結婚して以降の結婚生活の現実は描かないのです。こういうものを見て育つ女の子たちは、結婚に非現実的な幻想を抱いてしまいます。

　この状況が変わってくるのは 1990 年代くらいからで、『ポカホンタス』（エリック・ゴールドバーグ、マイク・ガブリエル監督・1995）『ムーラン』（トニー・バンクロフト、バリー・クック監督・1998）などアクティブなヒロインが登場するようになります。そして 21 世紀になると、『眠れる森の美女』を悪役マレフィセントの立場から読み替えた『マレフィセント』（ロバート・ストロンバーグ監督・2014）、『白雪姫』を邪悪な女王を中心にして映画化した『白雪姫と鏡の女王』（ターセム・シン監督・2012）『スノーホワイト』（ルパート・サンダース監督・2012）など、かつての解釈とは大きく視点を変えた映画が現れるようになります。実写版の『アラジン』（ガイ・リッチー監督・2019）もフェミニズム的な話にアレンジされています。もはや、かつてのプリンセスのように男性に幸せにしてもらおうと思っている女性は古いのです。

　また 21 世紀になってかつてのフェミニストたちを振り返る映画も出始めました。

『アイアン・エンジェル
ズ／自由への闘い』（カー
チャ・フォン・ガルニエル
監督・2004）はテレビ映
画ですが、ヒラリー・スワ
ンクがアメリカの女性参政
権の達成のために運動した
アリス・ポールを演じてい
ます。

（DVD ギャガ）

キャリー・マリガン主演
の『未来を花束にして』
（サラ・ガーヴロン監督・
2015）はイギリスの女性
参政権の達成の経緯を描く映画なのですが、イギリスの女性参
政権は 1918 年で時代的にもアメリカと近いですし、参政権を
得るための女性たちの闘いを知る上では有益な映画であると思
われます。

フェリシティ・ジョーンズ主演の『ビリーブ』（ミミ・レ
ダー監督）は、後にアメリカ合衆国最高裁判事となったルー
ス・ベイダー・ギンズバーグが、1970 年代、弁護士だった時
代に史上初の男女平等裁判に挑んだ実話をもとにしています。
彼女の人生は『RBG 最強の 85 才』（ジュリー・コーエン、
ベッツィ・ウェスト監督・2018）というドキュメンタリー映
画にもなっています。

男はなぜ女を恐れるのか？

　将来的には、男性の被害も描かれていくことになると思われます。現実的に考えても、男性が加害者のケースの方が多いことは事実ですが、女性が加害者のケースも相当な数、存在します。３：２くらいの割合とも言われています。

　ハリウッド映画では、男性のセクハラ・パワハラ・DV被害は描かれてきたでしょうか？

　1980年代から1990年代にかけて、マイケル・ダグラスが一連の主演作で被害男性を演じました。ダグラスは往年の大スター、カーク・ダグラスの息子ですが、お父さんと違ってマッチョではないですし、リベラルで、インテリの知識人という雰囲気の人で女性に虐められそうな男性の役が似合います。

　『危険な情事』では女性からのストーキング、『ローズ家の戦争』（ダニー・デヴィート監督・1989）では戦争のような夫婦喧嘩、『氷の微笑』（ポール・バーホーベン監督・1992）ではバイセクシャルの女性から翻弄され、『ディスクロージャー』（バリー・レヴィンソン監督・1994）では女性上司からの逆セクハラ、『ダイヤルM』（アンドリュー・デイヴィス監督・1998）では妻に不倫される夫役、彼は常に被虐的な男性役です。これはまさにポストフェミニズム時代を象徴するものでしょう。女性が強くなった世相を反映しているのです。

　ただ、彼の主演作は、いずれもキワモノ的な面白さの映画です。男性が被害を受ける映画は、コメディ、もしくはミステリー仕立てになるので現実的な深刻味が薄れてしまっています。そこが問題です。

　映画では、女性が彼氏に平手打ちを喰らわせる場面はしょっちゅう出てきます。男性が女性に平手打ちするとなったらDVなのですが、逆の場合は微笑ましい描き方、それどころか彼に愛情があるから殴るのだという解釈までされてしまいます。その最たる例は韓国映画の『猟奇的な彼女』（クァク・ジェヨン監督・2001）です。彼女がことあるごとに彼氏を引っ叩きまくるコメディです。

　しかし、これは映画だから許されることで、現実にはこうはいきません。男性被害も深刻なのに、男がいたぶられるところを面白がったような映画ばかりなのは問題です。これから徐々に真面目に男性被害を扱う映画も増えていくことを期待したいところです。

　また、男性は女性とは違った部分で被害を受けるケースが多いのです。**レイシャル・プロファイリング**という言葉をご存知でしょうか。犯罪が起きたときにこれは黒人の仕業だと黒人にターゲットを絞って調査をするなど、人種的なステレオタイプに基づく捜査のことです。ジェンダーの場合もプロファイリングが起きるのです。女性は道徳的な性なので、女性がそこまで悪いことはしないだろうという社会通念があるため、男性の方が冤罪の被害者になりやすく、厳罰に処されやすいという不利な面があります。日本映画『それでもボクはやっていない』（周防正行監督・2006）は様々な賞を受賞しましたが、痴漢冤罪を描いています。

　また、心理的に考えた場合、男性にとって女性は怖い存在であることも事実です。男性の目から見て女性のどういう部分が怖いと感じられるのか。一般には「言語的優位性」「道徳的優

位性」「女同士の連帯」「親密さの要求」「被害者・弱者の地位の利用」などが挙げられます。

　言語能力・コミュニケーション能力は女性の方が上なので、言葉や態度で相手を傷つけるケースが出てきます。また、男性を監視して、先生や上司などに告げ口にいくことが多いとされます。女性は道徳を守るように教育されるので、規則を破る人が許せないというのもあるのでしょうが、それを告げ口に行って、上の人に罰してもらおうとする、一方的に相手のモラルのなさを批判し、追いつめようとすることはある種の暴力です。規則も結局は人間がつくったものであり、絶対に正しいとは限りません。規則を守らせるためだったら、相手をどれだけ傷つけることをしても構わないというのでは、主客転倒です。

　この問題について描いているのは、『カッコーの巣の上で』（ミロッシュ・フォアマン監督・1975）でしょう。精神病院を舞台に病院に管理される患者たちを描く映画ですが、管理する側の象徴がラチェッド婦長（ルイーズ・フレッチャー）です。彼女は患者の一人が騒ぎを起こした後、母親に報告すると脅します。相手の気持ちも考えず、一方的にモラルを押し付けようとする彼女は冷酷無慈悲な怪物のような印象です。そのことでその患者は自殺してしまい、たまりかねた主人公マクマーフィー（ジャック・ニコルソン）が、彼女の首を締める場面では思わず声援を送りたくなります。

　ラチェッド婦長は映画史に残るアイコンの一人で、AFIの悪役ランキングでも5位にランクされています。この役を演じたルイーズ・フレッチャーはアカデミー賞主演女優賞を受賞しました。2020年にラチェッドの若い日々を描くドラマシリーズ

『ラチェッド』が Netflix で
始まりました。映画の公開
から、40年以上も経った
後でドラマシリーズができ
るというのは、彼女のキャ
ラクターがいかに強烈で
あったかを示唆しています。

（DVD ワーナー・ホーム・ビデオ）

　女性の連帯も男にとって
は怖いものです。『共感す
る女性脳　システム化する
男性脳』という本があります
すが、女性の場合は共感能
力があるため、周りの女性
たちと感情を共有し、一体になってしまいます。女の子の場合
だと、誰か一人から嫌われるとその周りの女の子たちからも嫌
われる、そういう経験をしたことはないでしょうか。もちろ
ん、そういう女性ばかりではないのですが、女性の場合は連続
体を作ってしまう傾向があります。映画などで女性サービス
デーを作るのも女性を安くしておくと他の女性たちを誘って見
に来るから、相乗作用があるのでしょう。一対一で腕力で喧嘩
をするのであれば一般的には男性の方が強いでしょうが、複数
対一人となれば当然女性の方が強いのです。
　『ノック・ノック』（イーライ・ロス監督・2015）という映
画があります。主人公で建築家のエヴァン（キアヌ・リーブ
ス）が、妻や子供のいない夜、一人の時間を過ごしていると、
二人の若い女性が訪ねてきます。彼女たちから、雨でびしょ濡

（DVD ポニーキャニオン）

れで、寒くてどうしようもないから、家に入れてほしいと頼まれ、エヴァンはつい家へと入れてしまうのですが、二人は彼を誘惑し、エヴァンは関係を持ってしまいます。翌日になると、二人は人が変わったように横柄な態度を取り始め、エヴァンへの拷問をスタートさせるのです。この女性二人の恐怖が見どころとなる映画です。前出の『危険な情事』もそうですが、浮気するような男はひどい目に遭うというメッセージも込められているかと思われます。

　この映画、『メイクアップ』（ピーター・トレイナー監督・1977）という映画のリメイクですが、元ネタはサンフランシスコの実話です。男性がひどい虐待を受けるケースは現実に存在しているのです。

　斎藤美奈子の『紅一点論』という本が出ていますが、紅一点はたくさんあるけど黒一点は極めて少ないです。これは生物学的な問題なのでしょうが、男性がいっぱいいる中に女性が一人いるのは違和感がないですが、逆の場合は男性が萎縮したようなふうになってしまいます。また、女性は親密さへの敷居が低

いので、プライバシーに踏み込んでくるケースも多いです。あれは、女性は悪気はないのでしょうが、男性はセクハラされているような気持ちになることもあるのです。

ファム・ファタルという言葉をご存知でしょうか。簡単に言ってしまえば悪女のことですが、映画でいうところの悪女とは、子供や女性を虐待するのではなく、男性を惑わす存在です。とりわけ、**フィルム・ノワール**と呼ばれる、1940年代から50年代にかけて作られた一連の犯罪映画ではセクシーな女性が登場し、男性を破滅においやります。最近では『ゴーン・ガール』（デビッド・フィンチャー監督・2014）がこの流れを汲んでいると言っていいでしょう。

ファム・ファタルの条件はセクシーで美しい女性であるということ。単に悪い女性と言うのではなく、危ない女性だけど男性を惑わす性的魅力があることが条件です。引き合いに出しては失礼ですが、先のラチェッド婦長や『ミザリー』（ロブ・ライナー監督・1990）で男性作家を監禁するアニー（キャシー・ベイツ、この映画でアカデミー賞主演女優賞受賞）などは怖い女性ではあるものの周りの男性たちは彼女たちに性的魅力を感じていないのでファム・ファタルというのとはニュアンスが違ってきます。

『フィルム・ノワールの女たち』という本も出ていますが、一般にフィルム・ノワールは**精神分析**的な角度から分析されます。男性にとって女性は、男性を去勢してしまう怖い存在なのです。だからこそ、男性は女性を抑圧しようとすると言えるかもしれません。

小児性愛

　アメリカでは異性愛の男性が若い男の子をレイプすることが深刻な社会問題になっています。年長の男性の目から見ると若い男の子は自分の若い頃みたいで可愛らしいからということもあるでしょうが、**メイルレイプ**の場合は支配の徹底だと言われます。レイプは性欲ではなく支配欲・権力欲だと言われますが、だとしたら、相手は男性でも女性でも構わないのです。むしろ男性の方が支配のしがいがあるということもあるのでしょう。

　『サウス・キャロライナ　愛と追憶の彼方』（バーブラ・ストライサンド監督・1991）では、ニック・ノルティが演じる主人公が少年の頃にレイプされたトラウマをカウンセラーに打ち明けて泣きじゃくる場面が出てきます。ノルティのようなマッチョなイメージの男優にこの役をやらせたのは成功だったと思います。彼のような頑健に見える男性が身を震わせて泣く場面は感動ものでした。レイプは人間としての尊厳を根こそぎ否定される行為なのです。『スリーパーズ』（バリー・レヴィンソン監督・1996）『ミスティック・リ

（DVD ソニー・ピクチャーズエンタテインメント）

バー』（クリント・イーストウッド監督・2003）は、子供の頃の性的虐待が大人になった後も重くのしかかっているという部分で問題の深刻さを訴えています。『ショーシャンクの空に』『アメリカン・ヒストリー X』（トニー・ケイ監督・1998）は刑務所内でのレイプですが、刑務所は女性がいないため、男性が女性の代替物となると言われます。また、両作とも相手に屈辱を負わせてやりたいという心理で、主人公をレイプします。ここでも、「男は強くなくては」「男は女や同性愛者に見られてはならないのだ」という抑圧があるので、犠牲になった男性は、そのことで「俺は弱いのか、女なのか、ゲイなのか」という疑いを抱き始め、それが PTSD になります。男性はセックスでも主体であるべきで、客体になってはならないのだというアメリカのジェンダー意識が窺えます。

（DVD Vap）

『謎めいた肌』（グレッグ・アラキ監督・2004）はリトル
リーグのコーチが少年を性的に虐待する話ですが、描写が生々
しく、見るのも辛いような、痛ましい映画です。同じ系統の映
画として、日本でも『闇の子供達』（阪本順治監督・2008）が
ありました。

　小児性愛というとカトリックの神父が加害者というケースが
多く、『スポットライト　世紀のスクープ』（トーマス・マッ
カーシー監督・2015）『ダウト〜あるカトリック学校で〜』
（ジョン・パトリック・シャンリィ監督・2008）、フランス映
画ですが、『グレイス・オブ・ゴッド　告発の時』（フランソ
ワ・オゾン監督・2018）などがその問題を描いています。な
ぜ、カトリックの神父が虐待をするのか。キリスト教の抑圧が
強いので、その吐口として、少年への虐待に結びつくと考える
人が多いようです。

　そして、小児性愛の場合も、必ずしも男性が加害者というわ
けではなく、女性が加害者のケースも存在します。ドラマ映画
でも、先述の『ウォールフラワー』などは女性からの性的虐待
が主人公のトラウマの原因となっていますが、衝撃的なのは
『本当の僕を教えて』（エド・パーキンズ監督・2019）という
ドキュメンタリー映画です。これは双子の兄弟の話なのです
が、一人は記憶喪失になってしまい、もう一人は彼の記憶を蘇
らせまいと努力していたのです。何故かというと、彼らの母は
幼児性愛者で、しかも、彼らを自分と同じような性癖をもった
友人に提供し、二人は母親の仲間から何度もレイプされていた
ことがわかっていくのです。

　『悪について誰もが知るべき10の事実』という本で、小児

性愛の性癖は生まれつきのものであるケースが多く、またそういう人は私たちが認識しているよりもたくさんいるのだと語られています。欲望を持つだけだったら犯罪ではありませんが、実際に性行為をしてしまうと問題です。小児性愛の場合は相手が子供なので、それが自然な欲望であっても一線を超えることは許されません。

　では、そういう性癖をもった人にはどういう対処をしていくのか。これはまだまだ難しい問題です。小児性愛の人の欲望なんて認められなくてよいという人もいますが、LGBT もかつては認めるべきではないと言われていたのです。子供にしか欲望を持てない人がいるのだとしたら、そういう人へのサポートやカウンセリングもこれからは必要になってくるでしょう。

　これからはカウンセリングも細分化されていくことが予想されます。

4章　LGBTQIA＋：多様化するセクシュアリティ

　21世紀の映画について語る上で何よりも言及しなくてはならないのは、**LGBT**映画の興隆でしょう。日本でもLGBTという言葉は定着してきました。また、この頃は大学などでもLGBTの学生への配慮がなされるようになってきました。ほんの10年くらい前までは露骨にLGBTの人を差別する発言が罷りとおっていたことを考えれば、長足の進歩という感があります。

　LGBTがアメリカ映画であからさまに描かれるようになったのはヘイズコード解禁後の1960年代後半以降で、20世紀の代表的な映画としては、同性愛を初めて真正面から描いたとされているウィリアム・フリードキン監督の『真夜中のパーティー』（1968）、性犯罪の罪で、ブエノスアイレスの刑務所に服役しているゲイ男性をウィリアム・ハートが演じてアカデミー賞主演男優賞受賞の『蜘蛛女のキス』（エクトール・バベンコ監督・1985）、オープンリー・ゲイの監督として有名なガス・ヴァン・サントがリバー・フェニックスとキアヌ・リーヴスの主演で男娼たちを描いた『マイ・プライベート・アイダホ』（1991）、トム・ハンクスがエイズで死にゆくゲイの男性を演じてアカデミー賞主演男優賞受賞の『フィラデルフィア』（ジョナサン・デミ監督・1992）、それまで無名に近かったヒラリー・スワンクが実在の性同一性障害の女性を演じて、一躍アカデミー賞主演女優賞を獲得した『ボーイズ・ドント・クライ』（キンバリー・ピアース監督・1999）などが挙げられます。

21世紀になるとLGBT映画の製作本数は年を追うごとに増えていきました。何よりも2005年の『ブロークバック・マウンテン』は男同士の悲恋を描いて高い評価を受け、アン・リー監督がアカデミー賞監督賞を受賞します。

　また、この頃になると社会の同性愛に対する認識も大きく変わります。1998

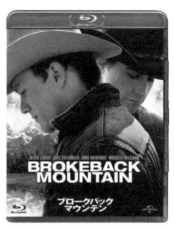

（Blu-Ray ジェネオン・ユニバーサル）

年にワイオミング州のララミーという町で、マシュー・シェパードというゲイの大学生が殺されるという事件が起き、これがきっかけとなって、2009年、**ヘイトクライム**を取り締まる**マシューシェパード法**がオバマ大統領の署名で成立します。ヘイトクライムとは個人的な遺恨があるわけでもないのに、その人の人種、民族、宗教、性的指向などへの偏見が原因で引き起こされる犯罪です。さらに、2015年、合衆国最高裁判所は「法の下の平等」を定めた「アメリカ合衆国憲法修正第14条」を基にアメリカ合衆国のすべての州での同性結婚を認めます。アメリカはこういう問題に関してはヨーロッパよりも遅れているのですが、ついに同性愛者の権利が認められる世の中になったのです。もはや、世の中は「ポストゲイ時代」、ゲイであることを特別なこととは見なさない時代へと変わっていっています。

　映画では、2016年の『ムーンライト』がゲイを主人公にしながらアカデミー賞作品賞を獲得します。先の『ブロークバック・マウンテン』のときは監督賞を受賞しながら、作品賞を逃したため、「ゲイ差別」と騒がれたのですが、『ムーンライト』はゲイでしかも黒人という二重の差別をとりあげながら、作品賞を受賞。11年の間にゲイはハリウッドでの地位も確立したという感があります。

　『君の名前で僕を呼んで』（ルカ・グァダニーノ監督・2017）は、ティモシー・シャラメとアーミー・ハマーの関係がイタリアを舞台に描かれる、美しい男性同士の物語です。これだけ美しく同性愛が描かれるとなったらゲイの恋愛が高貴に見えてきます。ゲイに偏見をもっていた人も考えが変わるのではないでしょうか。

　『ボーイズ・イン・ザ・バンド』（ジョー・マンテロ監督・2020）は、『真夜中のパーティー』のリメイクで、話は同じですが、今の視点から見ると話が古いと思ってしまいます。前作同様、ラスト近くで、主人公がゲイに生まれたことを憎む心情を吐露するところがクライマックスですが、時代が変わってしまったので、前作ほど悲壮感を感じません。もはや、ゲイであることを恥じる時代ではなくなっているのです。

ハリウッド映画で学ぶアメリカのLGBT問題の歴史

　ここで、アメリカのLGBT問題の歴史を振り返るために参考となる映画をいくつか挙げておきます。いずれも21世紀の映画です。

・『愛についてのキンゼイレポート』（ビル・コンドン監督・
　2004）

　アルフレッド・キンゼイという性科学者の伝記映画です。彼
は、1948 年と 53 年に**キンゼイ報告**を発表しています。まだ
同性愛がタブーとされていたこの時代に、キンゼイは相当数の
白人が、同性愛・両性愛の経験があるという衝撃的なレポート
を発表したのです。彼のデータは偏っているという批判もあり
ますが、彼が後の研究に大きな影響を与えたことは間違いあり
ません。ちなみに現在の認識では同性愛者は 3 ％から 10 ％と
資料によってばらつきがあります。何を持って同性愛とみなす
のかという部分でも異なってくるのでしょう。

・『ストーンウォール』（ローランド・エメリッヒ監督・2015）

　1969 年の 6 月 28 日に起きた**ストーンウォールの反乱**を背
景に描く映画です。アメリカでは LGBT の人は、サンフランシ
スコやニューヨークなど西部や東部の大都市にコミュニティを
作るとされています。都市部の方が性的マイノリティに対する
偏見が少ないからです。この映画の主人公もインディアナ州
（中西部の州）で同性愛者であることが発覚したため、ニュー
ヨークに出てきたという設定になっています。

　彼が移住するのはニューヨークの**グリニッチ・ビレッジ**で
す。グリニッチ・ビレッジに関しては、『グリニッチ・ビレッ
ジの青春』（ポール・マザースキー監督・1976）という映画
で、その雰囲気を掴んでほしいのですが、アメリカの同性愛運
動の発祥の地とされたところで、ビート・ジェネレーションの
文学運動やカウンターカルチャーが盛んだった場所としても知
られています。警察はゲイを取り締るため自らがゲイのふりを

して囮操作をしていたのですが、そのことに関してはアル・パチーノが警官に扮した『クルージング』（ウィリアム・フリードキン監督・1980）をご覧ください。

　ストーンウォールとはゲイバーの名前です。ここで主人公は LGBT への不当な暴行や失恋などを経験し、成長し、翌年には**プライド・パレード**（LGBT 文化のイベント）に参加することになります。

・『ミルク』（ガス・ヴァン・サント監督・2008）

　70 年代にサンフランシスコの市会議員だったハーヴェイ・ミルクの人生を描く映画です。彼はオープンリー・ゲイとして初めての政治家として知られています。サンフランシスコはアメリカのゲイ運動の中心地として知られていますが、ミルクはカストロ通りの市長と言われています。彼は 1978 年に議員のダン・ホワイトから射殺されます。彼の死後、多くの人がカミングアウトし、彼を悼んだキャンドルナイトは有名です。ミルクは、1999 年には「タイム誌が選ぶ 20 世紀の 100 人の英雄」に選出されています。

　映画の方は高い評価を受け、ショーン・ペンが二度目のアカデミー賞主演男優賞に輝きました。また 1984 年に製作されたドキュメンタリー『ハーヴェイ・ミルク』（ロバート・エプスタイン監督）もアカデミー賞ドキュメンタリー賞受賞の秀作です。

・『ダラス・バイヤーズクラブ』（ジャン＝マルク・ヴァレ監督・2013）

　LGBT といえばエイズのことにも触れなくてはなりません。エイズは当初は同性愛の人の病気とみなされていたため、同性

愛者たちはさらに偏見にさらされることになりました。

　この映画も実話に基づくものなのですが、舞台となっているのは 1985 年のテキサス州のダラス。主人公（マシュー・マコノヒー）は女好きで同性愛差別主義者。自分がエイズになるわけないと思っていたのに、感染してしまい、それを機に考えを変えざるを得なくなります。エイズの特効薬の安全性がまだ確認されていない時期だったので、彼は治療薬を国内に導く運動を展開することになります。この時の協力者がトランスジェンダーのエイズ患者（ジャレッド・レト、この映画でアカデミー賞助演男優賞受賞）だったのです。主人公の同性愛者への偏見はこのことで溶けていきます。

　この映画も高い評価を受けた映画で、筋肉隆々で有名なマコノヒーはこの映画のために大幅に減量して役に挑み、アカデミー賞主演男優賞を受賞しました。

・『キングコブラ』（ジャスティン・ケリー監督・2016）

　これも実話なのですが、2007 年、未成年でありながらゲイポルノに出ていたブレント・コリガンを主人公にしています。彼の映画のプロデューサーが殺される事件の背景を描いていくものです。際どい内容の映画ですが、ゲイポルノも今は有名で、『サーカス・オブ・ブックス』（レイチェル・メイソン監督・2019）というゲイの人のためのグッズなどを長年扱ってきたお店のドキュメンタリーも出ています。風俗ものとして見る価値はありです。

・『ジュディ』（ルパート・ゴールド監督・2019）

　『オズの魔法使い』などで有名な大スター、ジュディ・ガーランドの伝記映画です。レニー・ゼルウィガーが彼女の役を熱

演してアカデミー賞主演女優賞を獲得しました。ジュディはまだ偏見が根強かった時代に、同性愛者に対して理解を示していた数少ない有名人の一人で、彼女がゲイのカップルたちとの交流があったことはこの映画でも描かれます。

　彼女は40代の若さでなくなったのですが、ゲイコミュニティでは象徴的な存在となり、**ゲイアイコン**の一人とされています。ゲイアイコンとはゲイの人が象徴としてアイドル化する人たちのことで、他にはレディ・ガガ、マドンナ、シェールなどカリスマ性を持った人たちが挙げられます。

　先述の「ストーンウォールの反乱」は、ジュディの葬儀が行われた教会付近で葬儀翌日に起きたものだそうです。LGBTといえば「レインボー・フラッグ」を想起する人が多いと思いますが、これは彼女が『オズの魔法使』で歌った「虹の彼方に」に由来しているとされています。『オズの魔法使い』はカンザス州出身のドロシーが、カカシ、ブリキ、ライオンという多様なメンバー（LGBTのメタファー）とともに都会へと出ていく話です。これはLGBTの人たちが、偏見が根強い中西部や南部を捨てて、東部や西部へと出ていく姿とオーバーラップするのです。

　こうやって振り返って見ると、本当にアメリカのLGBT解放は戦いの歴史だったことがわかります。日本はLGBTに対しては寛容です。それが原因で殺されるというケースはほとんど聞きません。しかし、アメリカは流血のドラマがたくさん起きてきたのです。そのアメリカでもついに同性婚が認められるようになったのですが、それに関心のある人には、『ジェンダー・マリアージュ ~全米を揺るがした同性婚裁判~』（ベン・コト

ナー、ライアン・ホワイト監督・2013）というドキュメンタリーがあります。

ジェンダーとセクシュアリティ

エディ・レドメインとアリシア・ヴィキャンデル主演の『リリーのすべて』（トム・フーパー監督・2015）もなかなかいい映画でした。

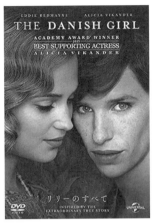

（DVD NBC ユニバーサル・エンターテイメントジャパン）

ジェンダーと**セクシュアリ**ティの違いは理解していらっしゃるでしょうか。両者を混同して考えている人が多いのですが、ジェンダーとセクシュアリティは別のものなのです。ジェンダーは男らしさ・女らしさのことであり、セクシュアリティは、同性愛・異性愛・両性愛など性的欲望のことです。

伏見憲明は日本のゲイ研究ではもっとも力のある人の一人なのですが、『プライベート・ゲイ・ライフ』のなかで図を示しています（図7）。（図の中の数字はパーセンテージです、♂は男、♀は女の意味です。縦軸がジェンダー、横軸がセクシュアリティのグラフとして見てみて下さい。）

ゲイの人というとステレオタイプに考えれば仕草や言葉遣いが女性的な人、あるいはシェイプアップされた筋肉マンを想像する人が多いかと思われます。前者はジェンダーが女性的、後者はジェンダーが男性的ですが、セクシュアリティは両者とも

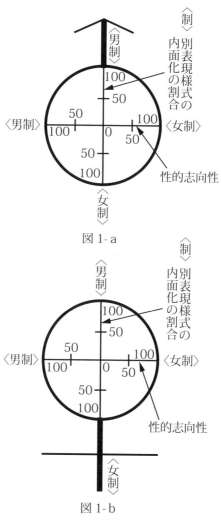

図 1- a

図 1- b

図 7

同性に向かっています。

100 パーセント、ジェンダーが男あるいは女、100 パーセント、セクシュアリティが同性愛あるいは異性愛なんていう人は究極の例で、実際には人によってグラデーションは様々で、ジェンダーとセクシュアリティの様々な組み合わせで、男も女も存在しているのです。

私の知り合いの人の中には、**FtM**（女性から男性への性同一性障害）で男性が恋愛対象だという人もいますし、**MtF**（男性から女性への性同一性障害）で女性が恋愛対象という人もいます。

『リリーのすべて』は実話に基づくもので、世界で初めて性転換手術をした男性を主人公にしています。そしてその彼を献身的に支えたのは妻です。身体を男性から女性に変えようとしている男性（＝ジェンダーは女性指向）でありながら、パートナーは女性（＝セクシュアリティも女性指向）なのです。

ジェシカ・ラング主演の HBO 映画『ノーマル』（ジェーン・アンダーソン監督・2003・日本未公開）は夫が突然女になりたいと言い出した話でした。また、『トランスアメリカ』（ダンカン・タッカー監督・2005）では男性でありながら性転換手術を受けて女性になろうとする役をフェリシティ・ホフマンが演じ、ゴールデングローブ賞主演女優賞を獲得しました。

20 世紀の映画に遡ると『クライングゲーム』（ニール・ジョーダン監督・1992）では、主人公が知り合った彼女とセックスをしようとする場面で、服を脱がせて、初めて男だということがわかり、トイレに行って嗚咽する場面が出てきます。この映画は公開時、この部分を伏せていたので、観客の方

も女性だと思って見ていた人が多く、見事に騙された人が多かったみたいです。

　また、『危険な年』（ピーター・ウィアー監督・1982）ではリンダ・ハントがアカデミー賞助演女優賞を獲得していますが、彼女は女性でありながら男性の役を演じているのです。しかも『トランスアメリカ』のように同一性障害の男性ではありません。身長の低い男性の役なので、それにふさわしい男優が見つからず彼女がキャスティングされたとのことですが、見事に男性になり切っていました。ジェンダーは本当にパフォーマンスに過ぎないことがわかってきます。

ＬＧＢＴＱＩＡ映画

　レズビアン映画も21世紀になって増えました。

　代表的なものを挙げるとアネット・ベニングとジュリアン・ムーアがレズビアンのカップルに扮した『キッズ・オールライト』（リサ・チョロデンコ監督・2010）、ケイト・ブランシェットとルーニー・マーラの『キャロル』（トッド・ヘインズ監督・2015）、ジュリアン・ムーアとエレン（エリオット）・ペイジの『ハンズ・オブ・ラブ　手のひらの勇気』（ピーター・ソレット監督・2015）、グレン・クローズが19世紀のアイルランドで男性として生きた女性を演じた『アルバート氏の人生』（ロドリゴ・ガルシア監督・2011）、メアリー・マッカーシーが実在の作家に扮した『ある女流作家の罪と罰』（マリエル・ヘラー監督・2018）などです。

　女性の同性愛映画の特徴は男性のものに比べると裸の場面が

少ないこと。男性の同性
愛映画は男性のマッチョ
な裸体がたっぷり出てく
るものが多いですが、レ
ズビアンものはヌードの
場面はそれほど出てきま
せん。同性愛・異性愛に
関わらず、男性は体を求
めるけれど、女性は体よ
りも精神的なつながりを
求めるということなので
しょう。

（DVD KADOKAWA／角川書店）

　またレズビアンは男性の同性愛ほど厳しく糾弾されません。
割合的には同性愛者は女性よりも男性に多いので、女性の同性
愛者は男性の同性愛者以上にマイノリティーなのですが、男性
中心主義の世の中なので、女性の場合は規範の要求が男性ほど
厳しくないのです。

　また、一般に女性の場合は男性に比べて LGBT に偏見をもた
ない人が多いので、これから女性が社会の中心になるにつれ
て、LGBT の人にとって住みやすい世の中になることが予想さ
れます。

　バイセクシャルに関しては、私が映画少年だった頃に大感動
したのが、フランス映画の『彼女と彼たち、なぜいけないの』
（コリーヌ・セロー監督・1977）です。男性二人と女性一人の
共同生活の話なのですが、彼たちは男同士で愛し合っている一
方で、彼女のこともそれぞれ愛していて、彼女も男性二人をそ

れぞれ愛しているという設定になっています。しかも、それが
とてもナチュラルな形で描かれ、当時、まだティーンエイ
ジャーだった私は衝撃を受けたものでした。

　アメリカ映画で有名なのはシャロン・ストーンを一気にス
ターダムに押し上げた『氷の微笑』でしょう。ストーンがバイ
セクシャルのファム・ファタルなのですが、これはバイセク
シャルをキワ物的に描いているところが偏見と差別です。

　21世紀になってくると肯定的な描き方に変わり、『フリー
ダ』（ジュリー・テイモア監督・2002）は、実在のメキシコの
画家フリーダ・カーロをサルマ・ハエックが演じて、アカデ
ミー賞主演女優賞にノミネートされました。そのほかには、
『ワンダーウーマンとマーストン教授の秘密』（アンジェラ・ロ
ビンソン監督・2017）や『四角い恋愛関係』（オル・パーカー
監督・2005）など小品でいくつかありますが、まだそれほど
メジャーなヒットとなったものはないようです。

　トランスジェンダーは先の『リリーのすべて』以外でも、
色々なところに出てくるようになりましたが、私が個人的に好
きなのは、『アバウト・レイ　16歳の決断』（ゲイビー・デラ
ル監督・2015）です。主人公のレイ（エル・ファニング）は
男の子になりたいと思っている性同一性障害の女の子、母マ
ギー（ナオミ・ワッツ）はシングルマザー、祖母のドリー（スー
ザン・サランドン）はレズビアン、そして彼女の同性パート
ナー、フランシスが４人で同居しているのですが、レイの性別
移行を巡ってドラマが繰り広げられます。こういう形の家族も
あっていいなあという気持ちにさせられます。

　この頃はLGBTQ+、あるいはLGBTQIA+という言い方をす

る場合もあります。＋がつくのは、まだ他にも名前がついていないセクシュアリティはたくさんあるからです。人間の性は多様なのです。

　Q（**クエッショニング**もしくは**クイア**）は、自分の性のカテゴリーに確信が持てない人、あるいは持ちたくない人のことです。『ブロークバック・マウンテン』でも、主人公たちは性行為をしていながら、「俺たちはゲイじゃない」という場面が出てきます。

　Iは**インターセックス**(半陰陽)で、身体的に男か女かわからない人ですが、これもまだほとんど映画にはなっておらず、日本映画の『セックスチェック　第二の性』（増村保造監督・1968）が先駆的な映画だとされています。50年以上も前にこんな映画をつくったなんて、大変な先見の明です。

　Aは**アセクシャル**で、無性のことです。誰にも性欲を抱かない人。アセクシャルに関しては、日本未公開ですが、『(ア)セクシャル』（アンジェラ・タッカー監督・2011）というドキュメンタリー映画が出ています。

同性愛は変えられるのか？

　アメリカはサンフランシスコやニューヨークなどにはLGBTのコミュニティがありますが、中西部や南部は、「同性愛を支持するような人にだけは大統領になって欲しくない」と言っている人も依然として多いのです。アメリカはダーウィンの**進化論**を信じない人が半分くらいいます。すなわち、人間は神が創ったものであり、他の種から進化したようなものではないと

111

信じている人が多いのです。**キリスト教原理主義**的な考え方です。

　これはテレビ映画なのですが、シガーニー・ウィーバー主演の『ボビーへの祈り』（ラッセル・マルケイ監督・2009・日本未公開）という映画があります。これは母親の同性愛嫌悪のために自殺したゲイの男の子の実話です。母親役がウィーバーなのですが、彼女が同性愛の人と接触したあと、必死になって手を洗う場面が鬼気迫るものがありました。結局、彼女は息子の自死をきっかけに自分の聖書に対する考え方を見つめ直し、最終的には「レズビアンとゲイの親・家族・友人の会（**Parents, Families and Friends of Lesbians and Gays (PFLAG)**）」のメンバーとなり、サンフランシスコのゲイ・パレードにも参加するようになります。

　かつては同性愛者だった人のことを **Ex-gay**（元ゲイ）と言います。アメリカでは『同性愛を防ぐための両親へのガイド』

（DVD BC ユニバーサル・エンターテイメントジャパン）

という本も出されていて、**転向療法（conversion therapy）**をする動きも見られます。映画でも、最近になって、それが描かれるようになり、『ある少年の告白』（ジョエル・エドガートン監督・2018）や『ミスエデュケーション』（デジリー・アカヴァン監督・2018）などには同性愛矯正施設の様子が

描かれています。

　これが本当に効果があるのかどうなのか。もちろん、異性愛から同性愛に変わる人もいますから、逆のケースもあることは事実なのでしょう。だからどうしても異性愛になりたいと思う同性愛の人にとっては、ある面有効性があるのかもしれませんが、確実に100％の人が異性愛に転換することはないはずです。上記の２つの映画でも、そういう結末にはなっていません。だからこそ、LGBT差別は問題なのです。本人が好きで選び取ったわけではなく、確実に変えることができるわけではないわけですから。

　『アイ・アム・マイケル』（ジャスティン・ケリー監督・2015）という映画があります。これはマイケル・グレイツ（ジェームズ・フランコ）という実在の男性を描いています。彼は、最初はゲイ解放運動の活動家だったのですが、**モルモン教**に影響されてキリスト教の牧師となることになります。レベッカという女性と出会い、好意をもって結ばれるのですが、果たして、彼に恋愛感情や性的欲望があるのかは疑問です。ただ単に友情なのかもしれません。友達として見て好きだし、同性愛の人であっても異性とセックスをすることはできるので、ゲイの人でも結婚している人は多いです。映画は彼のことを全面的に肯定しているわけではありません。なんとなく疑問符を残したような終わり方となります。

　この映画では、「僕は同性愛の問題を抱える異性愛者だ」という台詞が出てくるのですが、ゲイ・アイデンティティを持ちたくない主人公を描いているところが興味深いです。

　作家の中村うさぎはゲイの男性と結婚しています。私は個人

的にはこういう結婚もあっていいと考えています。性愛の感情はないにしても生活のパートナーとして居心地が良いのであれば、それはそれで構わないでしょうし、愛し合って結ばれたカップルであっても結婚してしまうと相手への恋愛感情や性的欲望は無くなっていくことも事実です。問題は自分が最も満足のいく人間関係を構築していくことなのです。

愛は性別を超える

　これから、LGBT映画がせきを切ったように現れることは間違いありません。抑圧されてきた人の話はドラマになりやすいですし、実在のゲイの人物を描く伝記映画も増えてきました。『恋するリベラーチェ』（スティーブン・ソダーバーグ監督・2013）は、ゲイだったことで有名な実在の音楽家リベラーチェ（マイケル・ダグラス）と若き恋人（マット・デイモン）の関係を描いたものですが、内容が過激過ぎて、映画会社がお金を出してくれず、テレビで作ったという曰く付きの映画です。しかし、日本やイギリスなどでは劇場公開され、作品の評価は高く、エミー賞やゴールデングローブ賞を得ています。何よりも、この映画が画期的なのはダグラスとデイモンが激しいベッドシーンを演じていることです。彼らのような大スターがここまでするというのは過去になかったことです。その意味で、ゲイ映画の歴史に名を連ねる映画となるに違いありません。

　世界的な大ヒットとなった『ボヘミアン・ラプソディ』（ブライアン・シンガー監督・2018）はフレディ・マーキュリー、『ロケットマン』（デクスター・フレッチャー監督・

2019）はエルトン・ジョンを描く伝記映画です。二人とも伝説的なミュージシャンで、ゲイであることは言うまでもないでしょう。

　元々LGBTの人は芸術や芸能の世界に多いとされています。だとすれば、ハリウッドは芸術的才能のある人たちの集まりなので、カミングアウトはしていないにしても相当数のLGBTがいるはずです。イアン・

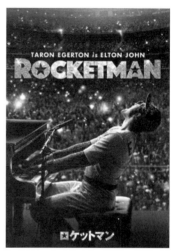

(DVD パラマウント)

マッケラン、ジョディ・フォスター、マット・ボマー、ベン・ウィショー、ケヴィン・スペイシーなど同性愛者であることをカミングアウトするスターも増えています。

　またハリウッドのスターは身内がゲイという人も多いです。例えばロバート・デ・ニーロは父と息子がゲイ、サリー・フィールド、バーブラ・ストライサンドは息子がゲイ、シェールは娘がトランスジェンダー、ジョニー・デップの娘は**セクシャルフルイディティ**。こういう著名人のカミングアウトが進むことで、ますますゲイへの理解は深まっていくでしょう。

　さて、それではこれからゲイ映画はどう進んでいくのでしょう。

　21世紀のゲイ映画で私がとても良いと思ったのは、『Loveサイモン』（グレッグ・バーランティ監督・2018）です。

　過去のゲイを描く映画では、『真夜中のカーボーイ』（ジョン・シュレシンジャー監督・1968）は主人公がお祖母さんから性的虐待を受けていたという設定になっています。おそらく、これが彼がゲイになった原因として示唆されるのです。『J・エドガー』（クリント・イーストウッド監督・2011）も、母親（ジュディ・デンチ）の存在感が強烈で、主人公は母に支配されてきたことが示唆されます。こういう描き方をしてしまうと、子供の頃のトラウマのせいでゲイになったのだ、ゲイの人は育ち方が悪かったのだという偏見を生み出してしまいます。

　『Love サイモン』は高校生の男の子のカミングアウト・ストーリーですが、ゲイの人がこれだけ爽やかに描かれたことはかつてなかったように思います。両親や友達も理解があって、いい人ばかり。ポストゲイ時代、ゲイに偏見をもたない時代が到来したことを思わせます。

　日本映画ですが、同性愛の話で私が気に入っているのは、ドラマ『おっさんずラブ』の映画版である、『劇場版おっさんずラブ 〜 LOVE or DEAD 〜』（瑠東東一郎監督・2019）です。映画そのものはそれほど質の高いものではなく、ドラマを見ていない人には、その面白さが伝わらない部分もあると思われます。しかし、これまでにないタイプの男性同士の恋愛を提示したことで、この映画は記憶に残るものになるはずです。

　何よりも、ステレオタイプにしていない。春田創一（田中圭）も、黒澤武蔵（吉田鋼太郎）も、女性との付き合いもある普通のサラリーマンとして描かれています。これはコメディ映画ですから、必ずしも現実に忠実ではありません。しかし、異性愛者が同性愛者に転換することは実際にありますし、基本は

ゲイではないけども、相手次第では同性に恋するケースもある
はずです。「愛は国境を超える」「愛は年の差を超える」という
ケースは昔からありますが、「愛は性別を超える」という関係
を示したことが、何よりもいいのです。主役の田中圭が偏見の
ない、どこにでもいそうな男ぶりというのも好ましいです。

　『劇場版おっさんずラブ 〜 LOVE or DEAD 〜』では、登場人
物がサウナに大集合する場面で、男たちの上裸の姿がたっぷり
と出てきます。ゲイ向けの映画では、男性の裸を性的なものと
して描き、濃厚なベッドシーンを入れることもありますが、こ
の映画では日常の風景として、男性の肉体美を見せていまし
た。ホモエロティシズムです。

　『おっさんずラブ』はシリーズを通して、露骨に「ゲイ」と
いう言葉がほとんど出てきません。これからの世の中、「僕、
彼とおっさんずラブなんです〜！」なんて関係が増えていけ
ば、人生はもっと楽しく、自由になると思います。

　『アイ・アム・マイケル』では、主人公が好物の寿司を食べ
に彼女を連れていくと、彼女の方は寿司を食べられなくてゲッ
という場面が出てきます。これは恋愛やセックスのメタファー
と捉えて良いでしょう。食べ物だって、人それぞれ好みは違っ
ています。それと一緒で恋愛やセックスに対する考えが同じで
ある必要はないのです。同じ食べ物でも、見るのも嫌な人もい
るし、一生食べることができない人もいるし、嫌いだけど多少
は食べられる、すごく好きと人それぞれ。食べ物の好みは100
人いれば、100人それぞれが違っています。それと同じでセ
クシュアリティやジェンダーも100人いれば100通りの組み
合わせが存在するのだという認識にたどり着くのが真の性の解

放です。

キリスト教と性

　アメリカ映画を見ているとキリスト教への言及が至る所に出てきます。

　『アメリカで最も嫌われた女性』（トミー・オヘイヴァー監督・2017）という映画があります。実話に基づく映画なのですが、無神論者の女性が教会相手に闘っていく話です。日本でも無神論者の人はいるのでしょうが、学校やマスコミにまで出てそれを議論したりする人はまず見かけません。日本は宗教に対する考え方が曖昧なので、無神論なのか仏教徒なのか何を信じているのかよくわからないけど、漠然と神様を信じているみたいな人が多いと思われます。

　一方で、アメリカの場合は敬虔なクリスチャンが多いのです。『セッションズ』（ベン・リューイン監督・2012）で、神父が、「いつもセックスは神と関連づけられる」と語る場面が出てきますが、アメリカで、性の問題を扱う映画は必ずキリスト教との折り合いの問題が出てきます。

　この映画は、子供の頃にポリオで首から下が麻痺し、寝たきりの生活をしている詩人のマーク・オブライエンが童貞喪失のためにセックス・サロゲートを雇うという実話に基づく映画です。彼は首から下が麻痺しているのでマスターベーションもできないため、一度は性的欲望を満たしたいという願いがあるのです。

　セックス・サロゲートのシェリル役を演じたヘレン・ハント

の演技は高い評価を受け、アカデミー賞助演女優賞にノミネートされましたが、「セックス・サロゲートは売春婦とは違う。売春婦は同じ客が何度も来てくれることを望んでいる、セックス・サロゲートの仕事は相手が性的感情を知って将来誰かとそれを分かち合うための手助けをすることなの」という台詞が出てきます。彼女は彼とのセッションの様子をあとで記録し、難しい学術本を読んで研究もしているような女性なのです。アメリカは様々なセラピーが日本に比べると進んでいるので、セックスがうまくいかない人たちをサポートする職業の人もいるのです。

『セイブド』(ブライアン・ダネリー監督・2004)は、厳格なキリスト教の高校を舞台にした青春コメディです。そこでヒロインは付き合っている男の子から「俺、ゲイかもしれないんだ」と告白されます。彼女は同性愛は間違った愛の形だと教わっているので、彼を救ってあげようと異性愛にするために彼とセックスをしてしまいます。そして、妊娠することに・・・。このことをめぐっての騒動を描く映画なのですが、この映画を見た人は、こんな高校がアメリカにあることに驚かれたのではないでしょうか。アメリカはキリスト教原理主義の人がいるので、妊娠中絶、同性愛、婚前交渉など全て反対という厳しいところも存在しているのです。

『キンセアニェーラ』(リチャード・グラツァー監督・2006)も日本では未公開のままですが、これもサンダンス映画祭で高い評価を受けました。これはヒスパニックの女の子を主人公にしています。キンセアニェーラとはヒスパニック系の女の子の15歳のお祝いです。

（DVD Sony Pictures Home Entertainment）

この映画ではヒロインが妊娠してしまい、親から勘当されてしまうため、お祖父さんにかくまってもらうことになります。このお祖父さんはリベラル派の人で、彼女だけではなくゲイであるがゆえに親から勘当された男の子もかくまっているのです。

　結局、彼女の妊娠はアクシデントによる妊娠だったことがわかります。ペティングの最中に彼の精液が飛んでしまい、たまたま彼女の卵子と結びついてしまったことがわかり、実際には性行為はしていないことが判明します。こんなアクシデントは滅多に起きることではないはずですが、これはいうまでもなくキリスト教の聖母マリアの処女懐胎になぞらえた物語です。

　『レリジュラス～世界宗教おちょくりツアー～』（ラリー・チャールズ監督・2013）というドキュメンタリー映画があります。この中で元ゲイの牧師ジョン・ウエストコットさんのインタビューが流れます。彼は誰もゲイになることなんて望んでいないし、生まれつきのゲイもいない、ただ、ゲイの人は不安定で、不完全なのだと説明します。彼は、今は妻もいて子供もいるのですが、なんのエビデンスもないことを話しているという印象は否めません。必死になって異性愛主義とキリスト教と

の折り合いをつけようとしているという感があります。

　プロミスキーパーズは、聞かれたことがあるでしょうか。キリスト教原理主義に基づく、アメリカの男性グループです。アメリカの一連の男性運動の中でこれが一番目立ったものだとされています。マスキュリストの運動やミソポエティック運動など、リベラル派の運動も存在しているのですが、同性愛や性の解放を嫌う、保守派の男性たちの運動がブームになる、これはアメリカがいかに両極端を揺れ動く国なのかということをあらためて思わせます。

　同性愛とキリスト教の解釈については人それぞれです。クリスチャンでも、同性愛を拒絶する人と受け入れる人と両方なのです。こういう問題に関心のある人は、『フォー・ザ・バイブル・テル・ミー・ソー』（ダニエル・G・カースレイク監督・2007）というドキュメンタリー映画をご覧ください。

　また、同性愛をテーマにしているわけではありませんが、ドキュメンタリー映画の『ロイ・コーンの真実』（マット・ティルナー監督・2019）も興味深いです。これは**マッカーシズム**の時代、**赤狩り**の時代に検察官であったロイ・コーンを描くものなのですが、何よりも興味深いのは、彼は自分自身がゲイであったにもかかわらず、一方で極度の同性愛差別主義者だったという部分です。『アメリカン・ビューティー』（サム・メンデス監督・1999）の主人公の隣人フィッツ（クリス・クーパー）など、こういう人物類型もしばしば登場します。ゲイを嫌う人に限って、実際にはゲイの傾向があるのだと言われますが、それも真実なのでしょうか。

コラム③　エジソンとリュミエール兄弟

　『アーティスト』（ミシェル・アザナヴィシウス監督・2011）という映画があります。白黒のサイレント映画で、第84回アカデミー賞では作品賞、監督賞、主演男優賞（ジャン・デュジャルダン）など5部門を受賞しました。

　これは映画へのオマージュです。初期映画のやり方で映画を作っています。サイレントで、音楽が背景に流れ、説明がいるときには字幕が画面の中央に一瞬だけでます。台詞がないから、その分俳優たちの表情や身振り手振りが面白いです。

　映画ができたのは、19世紀の終わり。映画のお父さんはアメリカのトマス・エジソンとフランスのリュミエール兄弟と言われています。

　エジソンは、「キネトスコープ」を発明しました。これは、大きな箱の中にフィルムを装填し、そこを覗き込むというシステムのものでした。したがって、一人ずつしか見ることができないものでした。

　同じ頃、リュミエール兄弟は、「シネマトグラフ」を発明します。これはスクリーンに映像を映し出すもので、一般の観客に公開しました。

　リュミエール兄弟の初期映画として有名なのは、『工場の出口』（1895）と『ラ・シオタ駅への列車の到着』（1896）です。前者は工場からたくさん人が出てくるだけの映像ですし、後者は列車が駅に到着するだけの話。両方とも1分もないような映画です。今だったら、スマホで映画を作ることだってできますが、当時はこのくらいの映像であっても人々は感動した

のです。

　ジョルジュ・メリエス監督の『月世界旅行』（1902）あたりになってくると、少しずつストーリーができてきて面白くなってきます。『ヒューゴの不思議な発明』（マーティン・スコセッシ監督・2011）は『月世界旅行』をモチーフにした映画です。ベン・キングズレーがメリエス役を演じています。これもアカデミー賞では11部門にノミネートされ、5部門で受賞を果たしました。『アーティスト』同様、映画へのオマージュと言っていいでしょう。

　映画好きで知られていた和田誠が『お楽しみはこれからだ』という連載を『キネマ旬報』でなさっていたのは有名ですが、このタイトルは初のトーキー映画とされる『ジャズ・シンガー』（アラン・クロスランド監督・1927）という映画から来ています。「待ってくれ、お楽しみはこれからだ！（Wait a minute, wait a minute. You ain't heard nothin' yet!」は、まさにトーキー時代の幕開けを告げる台詞だったのです。

（DVD ギャガ）

5章　メトロセクシャルとブロマンス

　「男・見る主体　女・見られる客体」というローラ・マルヴィの説が発表になったのは1975年のことです。映画のなかで性的な対象物として見世物化されるのは女性の身体であり、それを見つめるのが男性であるという理論です。マルヴィの理論は映画研究に大きな影響を与えた優れたものなのですが、今となっては古いという感は否めません。確かに当時は男性の身体の観賞的価値が意識されていなかったため、「見られる」ことを意識するのはもっぱら女性だったのでしょうが、今はそんなことはないからです。

　『ステロイド合衆国 ～スポーツ大国の副作用～』（クリス・ベル監督・2008）というドキュメンタリー映画があります。この映画では、筋肉マンのフィギュアなども1970年代に比べると1980年代は筋肉が大きくなっていることが説明されます。

　1970年代後半、社会現象となったボクシング映画『ロッキー』（ジョン・G・アビルドセン監督・1976）を皮切りにシルベスタ・スタローンが活躍するようになり、『ランボー』（テッド・コッチェフ監督・1982）もシリーズ化されました。さらに、無名のボディビルダーだったアーノルド・シュワルツェネッガーが『ターミネーター』（ジェームズ・キャメロン監督・1984）でブレイクし、超人的な筋肉の映画が歓迎されました。21世紀となっても、筋肉スターを主役にするアクションものは多くの観客たちを呼んでいます。アメリカはターザンの伝統をもつ国なので野生的な身体、闘うための身体を憧憬す

る伝統はまだまだ健在です。

　その一方で、1980年代頃になると「闘う」ための体ではなく、明らかに「見られる」ことを意識した男性身体が現れたのです。その先駆的なものとしてあげられるのは、リチャード・ギアがジゴロ役でオールヌードも披露した『アメリカン・ジゴロ』（ポール・シュレイダー監督・1980）で、男の裸身を初めて「被写体」として撮った映画として、センセーショナルな話題になったものでした。この映画に関しては『ジェンダーと映画的表象』という研究書の中でも論じられています。ジョン・トラボルタがダンサー役を演じた『スティン・アライブ』（シルベスタ・スタローン監督・1983）も男性裸身をたっぷり見せるものとして1980年代という新しい時代の幕開けを感じさせました。

　もはや、21世紀になると男性の見られるための身体表象は常識になっていきます。マイケル・キンメルによれば、世紀の変わり目になってくると、「男らしさ」を指す語として、「マンフッド（manhood）」という言葉の代わりに「マスキュリニティ(masculinity)」という言葉が使われるようになったのです。厳密な意味では、前者は男性的な

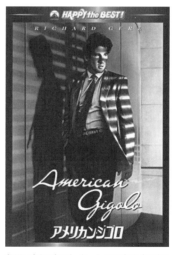

（DVD パラマウント ホーム エンタテインメント ジャパン）

125

「内面の質」「自治や責任の能力」を、後者は男性的に見えるように「常に示されなければならないもの」「振る舞いや態度」を指します。21世紀になってくると「男らしさ」の概念が相対化されてしまったため、身体を男性的に鍛え上げて、男性性を可視化することで、「男らしさ」を示す流れとなっていったのです。

　ちなみに日本でも以前は「マッチョ」といえば、精神的・内面的な意味で男っぽい男性を指していましたが、最近ではもっぱら肉体的に鍛えられた男性を指すようになりました。実際、私の若い頃などはスポーツクラブがたくさんはなかったため、筋トレしている男性は少なかったです。ところがこの頃は筋トレに通っている人は相当増えています。他の部分を倹約してもジムには通う、あるいは日焼けサロンやエステに通っている男性もいます。男が「見られる客体」であることを意識するのは常識となってきたのです。

　日本映画でも『テルマエロマエ』（武内英樹監督・2012）や『ぐらんぶる』（英勉監督・2020）など、男性の裸体が満載の映画が作られるようになりました。アメリカ映画では、『ワンス・アポン・ア・タイム・イン・ハリウッド』（クェンティン・タランティーノ監督・2019）のブラッド・ピットが50代半ばであるにも関わらず、見事な腹筋を披露しました。この頃は女性の裸よりも男性の裸の方がむしろ話題になるのではないでしょうか。

　女優が裸になるのは、大体はラブシーンです。その一方で、男優は体を動かす場面やカジュアルなレジャーの場面などで脱ぎます。アメリカ映画は男同士の話が多いですし、男女の激し

いラブシーンは少ないので、当然男性の裸身の表象の方が多くなります。

野生と文明

　加藤幹郎は『表象と批評』で、往年の西部劇では男性の入浴シーンが多いことを指摘していますが、川本徹はそこには彼らの「女性化」が示されていると分析しています。川本によると、入浴場面には「アメリカの本源的な価値観の対立——荒野と文明、彷徨と定住、野蛮と洗練、自由と秩序」があるのです。川本がいうように、「荒野、彷徨、野蛮、自由」は男性的なことであり、「文明、定住、洗練、秩序」はある面女性的なことです。そのため、西部劇では文明の担い手として女性が教師として現れます。入浴することは荒野の匂いを洗い流すことでもあります。男性たちは入浴中でありながら、文明の道具として帽子をかぶり、一方で、「男らしさ」の記号として葉巻を持っているというのです。男性的なものと女性的なもののせめぎあいが見られるのです。

　今は西部劇の時代よりも遥かに女性の地位が上がり、サービス業が増えてきたことで男性にも清潔感や笑顔が求められるようになり、女性的なものが優位に立つようになってきています。そのため、21世紀の男性身体の特徴は、胸板や腹筋は男性的に鍛え上げて、ムダ毛、汗、匂いなど女性が嫌う要素は排除して、洗練させる、そういう流れになってきました。

　1994年にマーク・シンプソンがメトロポリタンとヘテロセクシャルの合成語、**メトロセクシャル**（metrosexual）という

（DVD 東宝）

言葉を生み出しました。メトロセクシャルは、フェミニンで、スタイリッシュな、シェイプアップやファッションに気を遣う、都会生活の男性をさします。ゲイだけでなく、今となっては、ストレートの男性も、自分の身体を性的客体物と捉えているため、視線を意識していい、そして、そのことが男らしさを損なうことはないことをマイケル・フロッカーは訴えています。誘惑と恥じらい、胸の強調、脱毛、かつては女性の表象の要素だったものを男性がとりこむ時代になったのです。「見られる存在」としての自意識をもった男性、それが21世紀の男性の一つのトレンドと言っていいのでしょう。

　さらにこの後、メトロセクシャルがさらに進化してスポルノセクシャルという言葉も生まれました。スポルノセクシャルはシンプソンが2014年に作った語で、スポーツとポルノとセクシャルを合わせた語です。それこそSNSに自分の上半身裸の写真を出したりするタイプの男性を指します。メトロセクシャルはジョージ・クルーニーみたいなオシャレなエリート男性のイメージがありますが、スポルノセクシャルの場合は体でアイデンティティを示す男性です。

『マジック・マイク』に見る 21 世紀の男性の身体表象

　ここでケーススタディとして、『マジック・マイク』（スティーブン・ソダーバーグ監督・2012）を考えてみましょう。

　ここではアメリカ映画の常套的な流れとの関連において考えてみます。アン・カプランは『フェミニスト映画』のなかで、ハリウッド映画は「その表現は、時代の流行やスタイルに従って表面的に変わることはあっても、それはただ表面を引っ掻いただけで本質的な部分を何ひとつ変えず、同じパターンは相変わらずつづいてきた」と述べています。ハリー・M. ベンショフとショーン・グリフィンは、男性中心主義の本質を変えず、表面のみを時代に応じて変えていくこのスタイルを「家父長制の調整 (patriarchal negotiation)」という言葉で表現しています。

　ハリウッド映画が白人異性愛男性中心主義的なメディアであることは常に批判されてきました。ハリウッドは話の枠組みがきまっていて、それを社会の流れに応じて、少しずつ表面的に調整してきています。そして、微妙な調整をしながらも、白人異性愛男性が覇権を握る、白人異性愛男性を中心的に描くという構造は死守するというのが、ハリウッド映画の一貫した枠組なのです。

　『マジック・マイク』は、男性ストリップを正面から描いた、先駆的な映画として映画史に残るものとなるはずです。男性ストリップといえば、イギリス映画で、アメリカでも高い評価を得た『フル・モンティ』（ピーター・カッタネオ監督・1997）が有名ですが、この映画は、サッチャー政権下で失業

した男性たちがやむなくストリップをせざるをえなくなるコメディです。見せるにはお恥ずかしいような体を、お金のためにあえて見せざるを得ない男性たちの姿が哀しくもおかしく、笑わせます。

　しかし、『マジック・マイク』は、プロの男性ストリッパーたちを描いています。したがって、皆鍛え上げられた美しい身体ですし、振り付けや踊りなども見事で、プロでなくてはできない技術を堪能させてくれます。主人公マイク役のチャニング・テイタムは、実際にストリッパーだった経験のある人で、この映画で大ブレイクして売れっ子になりました。

　とは言っても、この映画、ストーリーの枠組は、決して真新しいものではないのです。マイクがストリップの世界で悩みながら成長し、最終的にはストリップの世界から足を洗うことを決心するまでの物語であり、アメリカ映画の最も得意とする男性の**イニシエーション**のドラマです。

　『マジック・マイク』の男性たちがステージで演じるのは、男性的な支配です。裸体にネクタイという姿は男性ストリッパーの象徴的なファッションですが、ストリッパーにとっては鍛え抜かれた裸体が第一のファッションであり、その上にタンクトップ、アーミーファッション、水兵服、カウボーイ・ハット、野球帽、警官服などを着て、ステージ上を、しなやかに機敏に動きます。男性ストリップは男性美のスペクタクルなのです。

　この映画のストリッパーたちは、主として黒、あるいは黒に近い色の衣装で登場します。とりわけダラスはほぼ一貫して、黒の皮の服です。これは『ターミネーター』のアーノルド・

シュワルツェネッガーにつながるものでしょう。この黒という色にも含蓄が込められています。遠藤徹は、「黒い革ジャンやサングラスといった外的な装いによってもう一つ上の男性性の次元へと高められる」と興味深い考察を述べていますが、黒は男性の支配性を強調するものなのです。

またストリッパーの世界が、きわめてホモソーシャルであることも注目しなくてはならないでしょう。ダラスは男性ストリッパーたちのリーダーで、神のような存在です。実際、髪型など、ダラスの風貌はキリストに似ていないでしょうか。彼は自分よりも若い男たちを次々にストリッパーとして育て上げようとする男性という設定ですから、アメリカ映画の定番のメンターと言っていいのです。

こう見てくると、『マジックマイク』は、スポーツを介在させた男同士の絆を描く映画とオーバーラップします。すなわち、ストリップショーに向けて、男たちが団結し、トレーニングに励み、ショーを成功させていく物語と読むことができるのです。そして、映画は、ストリップからは足を洗おうと決心したマイクと恋人のブルックが結ばれることを暗示して終わっていきます。これも、アメリカ映画らしい、常套的な異性愛主義です。

こう考えてくると、この映画の本質的な枠組はきわめてステレオタイプであると断言できます。したがって、この映画が従来の映画と違っているのは、男の裸体を客体化して見せるという一点に集約できるのです。

やはり、21 世紀になって男が一番変わったのは体なのです。アダムが洗面所で脱毛の処理をしている場面が出てきますが、

（DVD 角川エンタテインメント）

この映画のストリッパーたちは、むだ毛や汚れや臭いなどはすべて身体から除去しています。アメリカでは大ヒットとなった『40歳の童貞男』（ジャド・アバトー監督・2005）のなかでも、「脱毛なんてゲイのすることだ」と言われながらも、主人公が女性と付き合うために毛深い体を脱毛していく場面がありました。これはコメディですが、男性であっても、自分の裸身を性的客体物として美しくしなければ、女性とはつきあえない時代となったことを示唆しています。

　またシリアスな映画でも、『雨の日は会えない、晴れた日は君を想う』（ジャン＝マルク・ヴァレ監督・2015）でジェイク・ジレンホールがさりげなく脱毛する場面が挿入されていて、男のエステが日常時になってきたことが伺えます。

男同士で感情を分かち合う

　21世紀になると、メトロセクシャルと並んで、**ブロマンス**（bromance）という新語が生まれ、男同士の兄弟のようなロマンス (bromance は brother&romance の省略) も流行してきました。

　ブロマンスを最初に直截的に描いた映画とされているのは

『40男のバージンロード』（ジョン・ハンバーグ監督・2009）です。この映画は、自分の結婚式で花婿付添人（best man）となってくれる男性の親友を探す40男の話です。結局相手は見つかるのですが、男同士で、買い物に行ったり、食事をしたりという女性同士のような友情が積み重ねられていきます。この映画の原題は、*I Love You, Man* であり、これは映画の最後に彼らがお互いに相手に向かって「俺は君を愛しているよ」という台詞から来ています。かつて、男同士は「行動」は分かち合っても、「感情」を分かち合わないのだと言われてきましたが、感情レベルのことも分かち合う時代になったことを示す映画なのです。

　ブロマンス映画は21世紀になって量産されるようになり、ポール・ラッド、セス・ローゲン、ジョナ・ヒルなど、コメディ系の男優たちが主役で、先にもあげた『スーパーバッド 童貞ウォーズ』『ホット・ファズ　俺たちスーパーポリスメン！』（エドガー・ライト監督・2007）『スモーキング・ハイ』（デビッド・ゴードン・グリーン監督・2008）『テッド』など、次々にアメリカでは大ヒットしています。

　話としては、下ネタやスカトロ的ネタがたっぷりのおふざけ調のコメディであり、戦争・スポーツ・社会的競争・犯罪など、従来の男同士の友情ものにつきものだった要素を笑いとばす、男同士の映画であると定義するのが妥当であると思われます。

「男・見る主体　男・見られる客体」

しかし、メトロセクシャル同様、話の枠組みは変わっていません。

アントニー・イーストホープは、『男たちがしなければならないこと』の中で、男同士の友情の映画（バディ・ムービー）につきものの要素として、明確さ (clarity)、からかい（banter）、卑猥 (obscenity) を上げています。一般に女性同士は取り止めのない話を延々としたりします。長電話は女性の専売特許だと言われてきましたし、メールの文面も女性の方が長いです。一方で、男性の友情の物語には何らかの明確な目的があり、それを達成する過程で、男性たちはお互いをからかい、卑猥な冗談などを言いながら、友情を深めていきます。とりわけ、ブロマンス映画は、過度に卑猥なジョークが多く、きわどいセリフや場面の連発となります。さらに、スカトロ的であり、トイレの場面、精液、使用済みのコンドームなど、排泄物がたくさん出てきます。ペニスや糞尿の話は人前で大っぴらにするのははばかられる類の話ですが、ブロマンス映画ではそれを存分にやってくれるため、男性観客たちは大笑いしながら排泄の快感を味わうのです。

（DVD NBC ユニバーサル・エンターテイメントジャパン）

ブロマンスは、新しい言葉な

134

ので定義が確立されていないという感はあり、『明日に向かって撃て』（ジョージ・ロイ・ヒル監督・1968）『トップガン』『ファイト・クラブ』などもブロマンスに含める人もいますし、『シャーロック・ホームズ』のホームズとワトソンもブロマンスと言われています。しかし、一般的にはブロマンスは、性的関係はないけれど、ゲイに間違われるような、仲のいい男同士を指します。ブロマンスのキーワードは男同士の「親密さ」です。ここが21世紀的な新味なのです。

　『ネイバーズ』（ニコラス・ストーラー監督・2014）は、セス・ローゲンが妻と暮らす郊外にザック・エフロン扮する近所迷惑な隣人が引っ越してくることから引き起こされるコメディです。「女よりも兄弟」というブロマンスを示唆するセリフが出てきます。この映画では、エフロンが夜中までフラタニティの集まりを行うため、ローゲンの夫婦に迷惑をかけるのですが、あれこれ騒動の後、二人は次第に親密になっていきます。

　映画のラストでは、フィットネスジムの宣伝のため、エフロンが上半身裸で街中の通りに立っていて、ここで偶然やってきたローゲンが、久々に会った彼とハグし合います。この時ローゲンはじかにエフロンの裸体に触って、「これが夢だったんだ」と自分も一緒になって上半身裸になります。路上で脱ぐという行為を共有するのです。これは彼と同じことをしたい、一体になりたいという欲望に他ならず、同性愛的欲望です。したがって、ストレートとゲイの境界線を曖昧にし、ゲイに対する偏見をとかす要素があるのです。

　これは日本未公開なのですが、『ハンプデイ』（リン・シェルトン監督・2009）という映画があって、小さな映画です

が、興味深い話です。大学時代の親友ベンとアンドリューがアマチュアの映画祭に出品するためにゲイポルノ映画を作ることになります。そこでセックスシーンがあるので、どうやってやるべきかという二人の議論が始まります。キスやパンツ一枚でハグし合うぐらいは大丈夫だけど、それ以上のことをするのは躊躇する話です。二人は異性愛者ですし、アンドリューには妻がいます。この映画の場合はブロマンスを一歩先に進めて、異性愛の男同士が性行為をするという状況を考えるという意味で、ユニークです。この映画でも、ラスト、二人が「アイ・ラブ・ユー」とお互いを硬く抱きしめることになります。

　先述のとおり、ホモソーシャル、ホモエロティシズム、ホモセクシャルはスペクトラムなのですが、ブロマンスとホモエロティシズムがどう違うのか？と思う人もいるでしょう。私が思うに、両者は重なっているのですが、ホモエロティシズムは性的で、シリアスなイメージです。ブロマンスは親密で仲良し。楽しく、子供っぽく、微笑ましい男同士の親密さが表現されます。

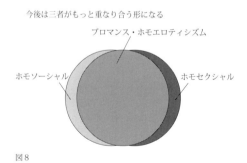

今後は三者がもっと重なり合う形になる

ブロマンス・ホモエロティシズム

ホモソーシャル　　　　　　　　　　　　　　　ホモセクシャル

図8

　そして 21 世紀になって、ブロマンス映画が流行してきて、メトロセクシャルな男性が増えたことで、おそらく、ホモエロティシズムやブロマンスがだんだんとホモセクシャルに近い関係になっていくことが予想されます（図 8）。

　ちなみに、ロマンティックコメディなど、女性がメインキャラクターとなる映画で、男性の裸体が満載のものはほとんど思い浮かびません。男性の裸体表象は女性よりも男性のためのものであると言っていいでしょう。マルヴィの理論を反転させて、「女・見る主体　男・見られる客体」となるのではなく、「男・見る主体　男・見られる客体」となるのです。男性の裸体は、まだ今のところ、女性に見せるためというよりも、男性同士で盛り上がるためのものという意味合いが強いと思われます。

ゲイじゃない！？

　さて、**BL（ボーイズラブ）**を最後に上げておきましょう。ＢＬは日本がその文化の発祥地となっています。アメリカでも今となってはファンが多く、男二人の友情を同性愛と想定して、ファンが二次創作物を作る**スラッシュ・フィクション**が流行しています。代表的なのは『スター・トレック』のカークとスポックです。

　ＢＬが若い女性に人気がある理由は、女性たちが自分に重ね合わせずにドラマを堪能できるところです。私の知り合いにも腐女子がいますが、腐女子の人の場合、男女の恋愛映画は嫌いだという人が多いです。なぜかというと、自分の女性の部分を

ヒロインに投影させながら見てしまうので、「こんな話、あり
えない」と白けてしまうのだそうです。しかし、男同士の恋愛
だと自分とは切り離してみるので、単純にドラマを楽しむこと
ができます。またこの頃は腐男子も増えていると言われてい
て、日本でも『俺たちのBL論』という本が出版されています。
　異性愛の話にゲイのサブプロットを読み込む試みの研究も多
くなってきました。アメリカでは、『ゲイじゃない』という本
が出ています。この章で取り上げた、メトロセクシャル、ブロ
マンス、スラッシュなどは、すべてゲイ的です。ゲイじゃない
けど、ゲイに近い、こういうサブカルチャーが浸透していくこ
とは、ゲイの人を解放する意味でとても良い傾向だと思いま
す。ゲイとゲイでない人の境界線がなくなっていけば、偏見も
なくなるからです。事実、ストレート、ゲイと言っても色々な
パターンの人がいますし、単純に分けられるものではありませ
ん。これからはもっと多様なものとして考えていく時代になっ
ていくはずです。

6章　イクメン：父親問題とアメリカ

　アメリカ映画を見ていて、時代は変わっても一貫して変わらないと思うのは家族至上主義的であることです。

　イクメン映画で最初に思い出すのはなんと言っても『クレイマー、クレイマー』（ロバート・ベントン監督・1979）でしょう。今から40年以上も前の映画ですが、当時は社会現象となり、この年のアカデミー賞の主要部門5部門で受賞しました。

　この映画、いきなり思い詰めた顔の妻ジョアンナ（メリル・ストリープ）が子供を置いて、家を出ようとする場面から始まります。一方で夫テッド（ダスティン・ホフマン）は職場で呑気に上司と話しています。彼は昇進したようです。朗報を持って、帰ってみると、いきなりジョアンナから「もうあなたのことを愛していない」と言われ、まさに晴天の霹靂という状況になります。翌日から、残された息子を育てるためにテッドが悪戦苦闘していく様子が、積み重ねられていきます。

　当時はまだアメリカでも「男は仕事、女は家庭」という性別分業意識が根強かったことがわかります。だから女性は仕事をしたいのに家に閉じ込められることが不満。男性の方は仕事していればそれで十分、男性とし

（DVDソニー・ピクチャーズエンターテインメント）

ての責任を果たしているから、何も妻に迷惑をかけていないと妻の不満に気づいていません。映画が進むにつれて、徐々にそのことがわかっていきます。

この映画で有名なのはフレンチトーストを焼く場面です。ジョアンナに出て行かれた直後のテッドはフレンチトーストを焼くのが不器用で、見ていられないのですが、ラストになるとすっかり家事が上達して、器用にフレンチトーストを焼くようになります。これは映画史に残る名場面です。彼が仕事人間から子供中心のイクメンに成長した、その軌跡がこのフレンチトーストの場面にこめられているのです。

先にも述べたとおり、当時はフェミニズムの直後で、「女性の自立」が叫ばれた時期ですが、この映画は男性が家事や育児をする、「男性の自立」を描いた映画と言われました。女性も男性も、仕事と家事、両方ができてこそ一人前ということなのでしょうか。

この映画の後、『ミスター・マム』（スタン・ドラゴッティ監督・1983）という映画もありました。これは夫が失業してしまい、仕方がないから、彼が家事、妻が仕事をすることになる話です。男女の役割が入れ替わったことで、お互いに男性の苦労・女性の苦労に気づきます。

しかし、この後、アメリカは分業体制から共働き体制へと変わっていきます。日本で女性の社会進出が遅れてしまったのは、この時に夫が働いて、妻がそれを支えるという体制を変えようとしなかったからだと言われています。

さて、話を『クレイマー、クレイマー』に戻します。

映画の後半、テッドが子育てに慣れてきた頃、ジョアンナが

再び現れ、「子供を返してくれ」と訴えてきます。そこで養育権を巡っての裁判が開かれることとなります。この映画の山場となるのは裁判の場面です。日本でもそうですが、子供は母親といた方がいいと見做されるので、アメリカでも子供の養育権の裁判となると女性の方が有利になります。

この映画の影響がいかに強いかがかいま見えるのが、『アイ・アム・サム』（ジェシー・ネルソン監督・2001）です。この映画の主人公はスターバックスで働き、娘を男手ひとつで育てているのですが、知的障害者です。そのため、父親として不適格と見做され、娘は施設に入れられます。これをめぐって裁判となるのですが、裁判の場面で『クレイマー、クレイマー』の場面が言及されます。後ろの方で「メリル・ストリープが泣く場面だよ」という台詞が挿入されるのです。

この映画の場合は、知的障害者だから子供を育てる能力がないという偏見に基づく、裁判が描かれるのですが、これをさらに発展させたのが、『チョコレートドーナツ』（トラヴィス・ファイン監督・2012）です。

この映画では、ゲイのカップルが同じアパートに住むダウン症の子供と親しくなります。彼のお母さんは薬物中毒で、子供をニグレクトしているので、二人が彼を引き取って育てようとするのですが、これが問題となって裁判となります。

裁判に関わる人たちは、その

（DVD ポニーキャニオン）

人を個人レベルで知っているわけではありません。なのに、男性だからできない、知的障害者だからできない、ゲイだから子供に悪い影響を与えると、その人の属性で決めつけてしまいます。先にもあげたプロファイリングです。

　こういうプロファイリングが存在することは女性にとっても不幸を招く場合があります。逆のプロファイリングがなされるからです。女性なのだから、自分の子供を育てることはたいしたことじゃないと決めつけられてしまうのです。女性であっても自分の子供を愛せなくて悩んでいる女性はいます。最近では『タルーラ　彼女たちの事情』（シアン・ヘダー監督・2016）という映画で、母親が自分の子供を愛せないことを泣きながら吐露する場面がでてきます。ところが、世の中の人は、母性は絶対的なものだと思っているため、男性が自分の子供をニグレクトする以上に女性のニグレクトは厳しく糾弾されることになります。

　また仕事の問題もあります。『クレイマー、クレイマー』では、テッドが子供にかまけているため仕事を首になってしまいます。社会は過酷で、その人の家庭の事情なんかは考えてはくれません。この映画の場合は、弁護士たちの非情さも印象に残るでしょう。あくまでも仕事という割り切り方です。当事者の気持ちは何も考えていません。

　この映画から40年。その間イクメンあるいは専業主夫を描く映画があったかどうか考えてみます。

　印象に残っているのは『エリン・ブロコビッチ』（スティーブン・ソダーバーグ監督・2000）でしょう。ジュリア・ロバーツのアカデミー賞主演女優賞受賞作ですが、彼女は離婚し

て、仕事をしながら、一人で子供を育てています。そこで恋人ができ、仕事で忙しい彼女のために「俺が子育てしても構わないよ」と申し出てくれるのです。

　この映画で新鮮なのは、彼が自由なアウトローみたいな人で、マッチョで男っぽいタイプの男性と描かれているところです。子供にかまける男性となると、ともすれば女性的なタイプを想像してしまいます。『フォレスト・ガンプ / 一期一会』（ロバート・ゼメキス監督・1994）も最後のところで主人公が男手一つで、子育てをしていることが示唆されますが、彼の場合もフェミニンな人ですし、知的障害者です。男らしさの規範からは外れています。『マイ・インターン』（ナンシー・マイヤーズ監督・2015）のヒロイン（アン・ハサウェイ）の夫も非マッチョタイプで、男の世界をバリバリに生きていくという雰囲気の人ではないので、主夫にふさわしいかのように思えます。

　一方で、エリンの彼氏はオートバイを乗り回し、工事現場で日雇いの力仕事をしている人ですから、見た目や性格は文句なく男っぽい。こんな人が子育てするの？と思う人もいるでしょうが、現実にはこういう人の方が体が動くので、家事・育児は得意というケースが多いです。

　ただ彼は脇役です。また結局、二人はうまく行かなくなります。彼女が仕事ばかりして家庭のことを顧みないことが原因で口論になるのです。まさに『クレイマー、クレイマー』の時代とは逆の現象が起きます。

　これからは、男性も女性も仕事をしながら、家事や育児もやっていけるという体制を作らなくてはなりません。そのこともこれからの社会の課題になるでしょう。21 世紀になって、

先進国では**ワークライフバランス**がしきりに言われるようになり、昔みたいに仕事ばかりという考えは好ましくないとされるようになりました。実際、今では、仕事が中心となるのは発展途上国で、先進国は仕事にプライオリティをおかなくなってきています。

父性論

アメリカの男の子たちの現状を知るには『６歳の僕が大人になるまで』（リチャード・リンクレイター監督・2014）という映画があります。

これは、ドキュメンタリーではなくドラマ映画なのですが、ある男の子が成長していく様子を12年かけて断続的に撮影したものです。すなわち、映画の中で、主役の男の子は現実に6歳から18歳になりますし、他の俳優たちも実際に歳をとっていくのです。

この映画の主人公のお母さんは離婚していて、そのお母さんが、新たな恋人と夜中に喧嘩している場面が出てきます。喧嘩の様子を部屋の入り口からこっそりとのぞいている主人公。アメリカの男の子たちは、母親たちがフラストレーションを抱えている現実を目の当たりにし、それに対して男性が面倒臭そう

（Blu-ray　NBCユニバーサル・エンターテインメントジャパン）

に取りなしていく姿を目にしながら成長していくのです。

「私は娘からすぐに母親になったの」「遊ぶ暇もなかった」とお母さんは怒っています。この台詞、女性問題を描くものでは頻繁に出てきます。女性は家族の世話をすることが求められるので自分の人生を送れないと嘆くときの台詞です。女性の場合はある程度の年齢を超えると子供を産めなくなるので、若いうちに子供を産んでおかなくてはというプレッシャーは強く、でも子供ができると仕事がしづらくなる、負担が重くなる、その結果、自分の若い時代を謳歌できなかったという後悔がある人は多いのです。一方で男性の方も彼女のためにあれこれ自分を犠牲にしている面はあるので、二人は平行線を辿ることになります。

結局、お母さんは恋人とは別れ、ヒューストンに転居します。そこに、アラスカに行っていた実のお父さん（お母さんの離婚した夫）が時々子供に会いに来ることになります。最近になって徐々に男性が引き取るケースも増えてはいますが、まだまだ女性の方が生活能力がある、子供を育てる能力があるという考えは強いです。しかし、アメリカは別れても子供と会わせなくてはならないため、定期的にお父さんが訪問してくることになります。いわゆる**ビジテーション**です。

彼のお父さんは若者みたいな遊んでいるという雰囲気の人です。人は悪くないのですが、父親的な責任感は感じさせないタイプ。たまに子供に会いにきて一緒に遊ぶのが楽しいというお父さんです。そのお父さんにお母さんが、「働くシングルマザーは大変なのよ」という嫌味を言う場面も出てきます。

オリヴィアは職を得るために大学で心理学を学び、そこで教

授のウェルブロックと再婚します。しかし、この夫が酒を飲んで暴力をふるいだしたため、家を飛び出し、その後、彼女は大学の教職に就きます。

　母親役のパトリシア・アークエットはこの映画で、この年のアカデミー賞助演女優賞を受賞しましたが、受賞のスピーチでは女性の社会的立場の改善を求めるスピーチをしました。

　こうやって見ていると女性の方が逞しい、男性は不甲斐ないという印象です。こういう家庭は日本でも多いのではないかと思われます。こういう姿を見て育つ男の子たちはお父さんをロールモデルにはできないのです。好き勝手しているように見えてもお父さんもたいして幸せそうには見えない、女性からは文句ばかり言われる、こんな大人になりたいでしょうか。もちろん、父親を反面教師にして、こういう男性にだけはならないと成長して行く人もいるでしょうが、しかし、そもそも父親は実態がないのです。

　ここに第一の問題があるように思われます。

　お母さんは身近にいるため、子供たちはよくも悪くも生身の女性を見ながら育つことになります。一方、お父さんは、離婚していない場合でも家にいることが少ないので、距離がある家庭が多く、子供たちはお父さんの生身の姿がわかりません。

　先にあげたミソポエティック運動は「父親不在」を問題にしているのですが、日本でも1990年代は林道義の『父性の復権』がベストセラーとなり、父性論が盛んでした。父親がいないことが子供たちを迷わせているという訴えです。

　しかし、私はこの訴えには共感できない部分もありました。確かに子供たちが父親の存在を求めていることは事実です。た

だ、昔は社会が父親を守っていたため、父親はどういう父親で
あったにしても無条件に尊敬しなくてはならないという考え方
だったのです。しかし、今の子供たちは親だから無条件に尊敬
しろと言われても、尊敬はしないはずです。今の父親は生身の
人間として子供と対峙しなくてはならないのです。

　昔から日本の母もの映画に対して、アメリカは父もの映画だ
と言われますが、アメリカは、父親にこだわる話が夥しいくら
いに多いです。父もしくは父親的人物と若い青年の話です。母
親は脇役的な立場となります。現実には子供は母親と癒着しま
すし、それはアメリカも同じなのだけども、なぜアメリカ映画
ではもっぱら父親が描かれるのか。私はそのことをずっと不思
議に思っていました。

　数年前からキリスト教の勉強を始めたのですが、キリスト教
を知って初めてアメリカ人が父親にこだわる理由がわかりまし
た。アメリカ人にとって父とは神のイメージなのです。した
がって、全てを委ねられるような存在です。そんな人に普通の
男性がなれるでしょうか。父性論の論客たちは、父親を神格化
してしまっています。父親だって生身の人間です。欠点もあり
ますし、不完全な存在です。父親を神みたいにしてしまった
ら、ほとんどの男性が父親失格になってしまいます。

　『マイ・オウン・マン』（デビッド・サンプリナー監督・
2015）というドキュメンタリー映画があります。これも極め
て興味深いです。この映画は、イエール大学を卒業しながらも
どうにも自分の男性性に自信を持てないサンプリナー監督自身
が作ったものです。彼は結婚して、息子ができるので、「僕が
息子に男らしさを教えられるだろうか」と不安になり、男らし

さトレーニングを始めるのです。

　彼のお父さんは外科医で順風満帆の人生を送ってきた人。「50 年代のジョン・ウェイン」みたいな人で、70 歳になった今でも筋トレをしていて若々しいです。おそらく「男らしさで悩んだことはないだろう」とサンプリナーは述懐します。お母さんは専業主婦で子育てに専心する家庭だったことが語られます。このお母さん、常にアイロンがけをしたり、縫い物をしたり、甲斐甲斐しく夫の世話をしていて、夫が自分の人生の主人公であることに満足しています。お兄さんはお父さん譲りのマッチョです。「若いころの俺は 50 年代ふうの男だった」と述懐します。お姉さんは「性差別的な父だったから、女の私には何も期待しないし、むしろ自由だった」と語ります。男の子は女の子よりも上位のものであるべきという通念があるが故に、あれこれプレッシャーをかけられるのです。これも男性差別です。

　サンプリナーは、運動神経は良かったけど、闘争心がない子で、周りの女性たちからは、「あなたは身体は男性だけど中身は女性だ」と言われています。また、この映画には『ファイト・クラブ』の主演のエドワード・ノートンも出てきます。彼はサンプリナーとイエール大学の同級生で、「男らしさに囚われていなかったのは、彼と僕だけだったんだ」と語ります。

　「俺だってアサーティブになれるはずだ」と思ったサンプリナーは、まずボイストレーニングを始めます。そして「新しい戦士（New Warrior）」という男性グループに参加します。ミソポエティック運動につながるような野生を取り戻すための野外活動に参加するのです。男性グループは苦手な彼ですが、こ

のグループでは、キャンプファイアーの周りで、裸になり、炎を囲んで踊ることになります。

そして狩りも始めるのですが、心優しい彼は、自分が撃って殺した鹿を見て、可哀想になってしまいます。アメリカ映画を見ていると鹿の壁像が部屋に飾られているところが出てきますが、これは「鹿を狩った、男になった！」という

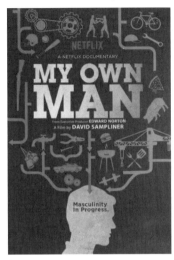

（DVD Passion River）

ことを示すものなのでしょう。しかし、この主人公は繊細なので、それを受け入れることに躊躇してしまうのです。

お父さんは文句なく成功した人なのですが、自信家で傲慢な一面があるため、彼はお父さんのことを好きではありません。仲が悪いというのでもないのですが、「親父と俺は違うんだ」と思っています。お父さんは、子育てにも全く関与せず、扶養者としての男性の役割のみを全うしてきた人で、社会が決めた男性の規範をひたすら演じていくだけの人生を生きてきた人です。そのことについて深く考えることもなかったのでしょう。

息子は別の男性の生き方を求めています。妻と出産のためのセミナーに参加するなど、生まれる前から育児に協力的です。

また別の男性が、「愛の鞭なんて必要ない、必要なのは愛なのだ」と語る場面もあります。体罰を肯定する人もいますが、

それは言い訳だと感じることはないでしょうか。一般に男性は人の悩みを聞くのを面倒くさがるので、子供に苛立ってくると暴力を振るってしまい、それを教育だと正当化してしまうのです。

　この映画の主人公は、最終的にはそれまで憎んできたお父さんを許すことを決心します。すぐに蟠りは溶けないでしょうが、とりあえず、許すと決めること、それがスタートとなるのです。自分は父のような生き方は選択しないけど、父はそういう生き方しかできない人だったのだと理解してあげるところに到達するのです。

　劇映画でも、父との蟠りを抱えた男性を描くものは昔から本当に多いです。21世紀のものでそういうテーマのものをいくつか挙げてみます。

　『海辺の家』（アーウィン・ウィンクラー監督・2001）の主人公（ケヴィン・クライン）の父親は直接には画面に出てこないのですが、主人公は父から卑小な存在として扱われていたことが台詞で明かされます。父との確執を今でも消化できない主人公は自分の息子に今の古い家を壊し、新しい家を建てると告げるのですが、これはまさに父と息子の関係を構築することのメタファーです。

　『ツリー・オブ・ライフ』（テレンス・マリック監督・2011）は、厳格な父親（ブラッド・ピット）と優しい母親（ジェシカ・チャステイン）に育てられた息子（ショーン・ペン）という観念的な設定の映画です。この映画の息子も父から受けたトラウマに苦しんでいるのですが、実は父も子供の頃に同じトラウマを負っていたのだということがわかります。

『フェンス』（デンゼル・ワシントン監督・2016）は黒人家族の話です。息子がアメフトのスカウトマンに見出されて、NFL を目指す大学推薦の話が舞い込んできます。しかし、父親は進学に反対し、息子の夢を潰してしまいます。彼は息子が自分を乗り越えることに嫉妬していたのです。

こうやって並べてみただけでも、父親と息子は対立関係。まさに、フロイトの**エディプス・コンプレックス**の枠組です。父と息子が対立し、母はそれを仲裁する役目になります。

『男らしさという名の仮面』でも、「父も傷つけられた被害者なのだ」という分析がなされますが、これらの映画でも、結局、そのお父さん自体もトラウマやコンプレックスに苦しんでいたことがわかっていきます。「暴力の連鎖」です。

自信のない男の物語

おそらく今の若い男性たちは、子供と対立関係になりたいとは思わないでしょう。それでは、21 世紀の父親はどうあるべきなのか、それを考えたときに面白いと思ったのは『ファミリー・ツリー』（アレクサンダー・ペイン監督・2011）です。これは子供が息子ではなく娘なので多少ニュアンスが違ってきますが、この映画について分析してみましょう。

『ファミリー・ツリー』は、21 世紀のハリウッド映画のなかで、最も高く評価されたものの一つで、アカデミー賞では脚色賞を獲得し、惜しくも受賞は逃したものの作品賞・監督賞・主演男優賞などの主要部門でノミネートされました。

この映画で、まず何よりも話題となったのは、タフで、セク

シーな男を演じ続けてきたジョージ・クルーニーが、妻に浮気された、不甲斐ない中年男を演じているところです。『キネマ旬報』に掲載されているインタビューで、クルーニー自身も、「自信のない男を演じることがこんなに難しいとは思っていなかった」と語っていますが、彼がこういう男性を演じることはかつてなかったことでした。

　映画の舞台はハワイで、「ハワイでの生活は楽園だと本土の人は思っているが、楽園ではないだろう？」とぼやく独白が彼のこの映画での最初の台詞なのです。クルーニーらしい、悪戯っぽい笑顔の場面はまったくなく、いつだって不機嫌そうに考え込んでいるマット（クルーニー）は、自分の生活に閉塞感を抱きながらも、どこに出口を求めていいかわからず、仕事をする以外には何もない、苦悩する男性です。

　彼は弁護士で、先祖から受け継いだ不動産の権利も所有している金持ちなのですが、家庭は上手くいっていません。映画は、ジェットスキーの事故で彼の妻エリザベスが昏睡状態になってしまったところから始まります。

　マットは、妻とはほとんど会話もない生活だったようですが、まだ関係を修復する一抹の希望にすがっています。「彼女の目が覚めたら、思い切って不動産を売って、二人でバカンスにでも行くか」と彼は階段を上りながら思い巡らせているのです。

　この後、彼女の意識はもう永久に戻らないと医者に宣告されて、マットは彼女の遺した意思を尊重し、生命維持装置をはずさなくてはならなくなります。しかも、実は彼女が彼に隠れて浮気していたことが分かって、マットは混乱の渦中へと投げ込

まれることになるのです。

　この映画で、何よりも見どころとなるのは、クルーニーの泣き顔や困惑の表情です。妻の意識がもう戻らないと医者に告げられる場面では、じっくり彼はアップで撮られるのですが、医者の話を聞きながら、彼は唇を噛みしめ、涙を浮かべ、何度も医者のほうを上目遣いに見上げます。彼はだんだんと感情がこみ上げてきて涙をこらえられなくなっていきます。これまでのクルーニーでは想像もつかないような、女性のような表情です。その後、友人から、妻の浮気相手の名前を知らされた後の場面、彼は橋の上をとぼとぼ歩きながら、うなだれて、声をふるわせて泣いています。

　そして、全てが解決したラスト近く、妻との別れの場面。彼女にキスをしながら、「さようなら、エリザベス、私の妻、私の友、私の苦しみ、私の喜び」と話しかける彼の目からは涙が一筋流れて行きます。

　男性が涙を見せることを恥じなくなったと言われるポストフェミニズム時代の映画でも、これだけ男性が泣く場面や痛々しい表情を見せる場面をたっぷりと撮った映画はそうそうありません。21 世紀になって、男性はさらに自分の女性性（感受性や表出性）を解放するようになったのでしょうか。

　クルーニーがあたふたと走る姿はどうでしょう。この映画では、彼が走る場面を主として正面や背面から撮っています。側面から全身を撮っていれば、走るスピード感が出るため、カッコよくも見えるのですが、この映画では焦りと混乱のなかで必死になって走る彼をひたすらカッコ悪く撮っています。先行きの見えない時代である現代となっては、カッコ悪い男性のほう

がむしろリアリティがあるのです。

　清水節は、「色褪せたブルーのよれよれのポロシャツと短パン姿のマットは、浮気相手を突き止めるべく、サンダルをつっかけてドタドタと走り出す。そんな無様なクルーニーに、男どもは共感を新たにするはずだ」と語っていますが、無様とは絶対に言えない容姿と才能とキャリア、女性たちとのロマンスに彩られた私生活が常に話題になるクルーニーが無様な役を演じることで、男性観客たちはカタルシスを味わうのです。「クルーニーよ、お前も俺と同じだったのか」という共感に浸ることができます。

　しかし、何度も涙し、困り果て、カッコ悪い姿をさらしながらも、彼はどうにか家族の危機を乗り越えます。そして、最初は父に反抗的だった上の娘アレクサンドラ（シャイリーン・ウッドリー）が、ラスト近くになってくると「パパはつらいのにものすごく頑張っている」と父をかばう台詞を発するようになります。さらに、エリザベスの死後のラストシーンは、マットを中央にしてアレクサンドラと下の娘スコッティが、並んでテレビを見ているところで終わっていきます。彼らは大きな毛布をひざにかけて3人一緒に繋がっています。それまでバラバラになっていた家族が一つになったというハッピーエンドで映画は終わるのです。

　結局のところ、これは父親復権のドラマなのです。自信のない男性を主人公にしていることは21世紀的でも、父親を中心として家族が再建されるという部分はハリウッド映画の伝統です。『ファミリー・ツリー』のマットは一見、無様に見えて、父親としての役目は必死でまっとうし、娘たちからの信頼も取

り戻す結末となります。

　そしてラストのマットは幸せそうです。伊藤公雄が言うところの「父になること」が男たちの苦悩の解決策であるという意識は、アメリカではきわめて根強いということが裏付けられます。

男らしさの再定義

　アメリカを代表する男性学者キンメルは、『アメリカの男らしさ』のなかで、21世紀は「民主的な男らしさ」の時代であり、男らしさを「大胸筋、財布、あるいはペニスのサイズ」よりも「心の品性や魂の深さ」、「個々の人々の違いを受け入れ、他の人々を周縁化し、排除するのではなく、安心させ、自信をつけさせる能力」で定義するべきだと述べています。

　『ナーズの復讐』のところでも述べましたが、自信のある男性は一見頼もしく見えるものの、悪く言えば、優越感をちらつかせ、他人を見下し、弱者を支配しようとします。自信のない男性は弱々しくも見えるのですが、よく言えば謙虚で、個々の違いを考え、他人を尊重しようとするがゆえに迷うのです。後者の方が、「品性や魂の深さをもった男」であるといえるのではないでしょうか。少なくともマットはそういう男性でありたいと努力しています。彼は、妻の浮気相手であるブライアンにも、反抗的な態度をとる娘たちにも、権威的にはならず、民主的に対等に接しようと努めているのです。

　キンメルもいうように、アメリカ同時多発テロ事件（9・11）で、消防士たちの活躍がヒロイックに報道されたにして

も、男性たちはブッシュやレーガンやジョン・ウェインが体現するような「古い男らしさ」に戻ろうとしているわけではありません。21世紀は、「民主的な男らしさ」が求められていることを、この映画は示唆しているのです。

　そう考えれば、『ファミリー・ツリー』は、男らしさを再定義する物語とも言えます。自信と強さを見せつける男性の時代は去り、迷い、傷つきながらも、民主的で誠実であろうとすることが、これからの男らしさなのです。

フェミニズムへのバックラッシュ

　21世紀になると、フェミニズムの新たな時代に入り、エリザベート・バダンテールの『迷走フェミニズム』などでも語られているように、女性が男性を抑圧者とみなし、「犠牲者」でいようとすることは批判されるようになっていきました。

　この映画で妻は、夫がいながら、他の男性と浮気していたわけですが、彼女の友人のところに妻の不貞の真偽を問いただしに行ったマットに、彼女の友人のカイは「彼女は悩んでいたわ」と彼女をかばおうとします。ここで、マットは、「また『女は悪くないという決まり文句』なのか」という言葉で応酬します。

　ポストフェミニズム時代となって、「男・加害者　女・被害者」という見方が強まり、女性が悪いことをしたとしても、その原因をつくったのは男性であり、女性に罪はないとする言説が目立ってきたように思います。マットの「女は悪くないという決まり文句」という台詞は、彼がその風潮にうんざりしてい

ることを示唆しており、女性への男性のバックラッシュが新た
にやってきたことを思い知らされるのです。ここまで直截的な
フェミニズム批判の台詞が、過去のハリウッド映画で発せられ
たことはなかったように思えます。しかも、この映画では、エ
リザベスは終始、眠ったままなので、彼女の台詞がまったくあ
りません。別の言い方をすれば、彼女を昏睡状態という設定に
することで、まったく女性に弁解の余地を与えていないという
ことにもなります。

　娘たちは、女の子でありながら男の子のジェンダーを生きて
いるように思えます。この映画では、肌をさらすこと、ジェッ
トスキー、麻薬、汚い言葉など、男性ジェンダー的とされてき
たことを女性たちが好んでしているように見えるのです。

　しかし、男っぽい行動とは裏腹に、アレックスはある面、女
性的な娘です。母が死ぬことが分かった後、彼女は父に、お母
さんが「浮気していながら、お父さんの前ではそれを隠してい
たこと」が許せなくて、遠方の学校の寄宿舎に入ったことを白
状します。また妹のスコッティがポルノを見ている場面、ア
レックスは、「ポルノはダメよ」と妹からリモコンをとりあ
げ、テレビのチャンネルを変えようとします。彼女は決して、
不道徳で性的に放逸な娘ではなく、意外に素直で、伝統的な女
性ジェンダーを守る一面も備えているのです。

　「**処女娼婦コンプレックス**」という言葉があります。アメリ
カ映画では、悪女的・娼婦的女性は最終的には罰せられ、聖女
的・処女的女性は救われます。この映画でもその構図が健在で
す。妻のエリザベスは不貞をした女性という意味で、ある種の
悪女という言い方ができ、その罰であるかのように事故で死に

ます。その母を批判的な目で見ていたアレックスは、最終的に素直な女の子に変わっていくのです。女性像も本質的には変化していません。

　この辺りは、女性の目から見たら問題ありの部分でしょう。ただ、「新しい男らしさ」を模索しているところが、この映画の進歩した部分です。21 世紀はキンメルのいう「新しい男らしさ」が達成されるのでしょうか。

　先にも述べましたが、「1950 年代的男性」とは家族の扶養者・保護者としての責任感や愛国心は持っているけれど、他者の感情には鈍感な古いタイプの男性像を指します。1950 年代と言えば、西部劇が大量生産されていた時代です。当時のハリウッド映画では西部劇に代表されるような征服すべき険しいものとして自然が描かれてきたのですが、この映画の舞台となるハワイの自然は安らぎと憩いを与えるものです。この風景は、マットのような他人を安心させる、威圧感を与えない男性にオーバーラップするものとも言えます。

コラム④　ＡＦＩが選んだベスト10

　アメリカン・フィルム・インスティチュートは、1967年に設立された映画の保護や前進を目的とした機関なのですが、2007年にアメリカ映画ベスト100を発表しています。100本全ては紹介できないので、ここでは上位10本を紹介したいと思います。

1位『市民ケーン』（オーソン・ウェルズ監督・1941）
2位『ゴッドファーザー』（フランシス・フォード・コッポラ監督・1972）
3位『カサブランカ』（マイケル・カーティス監督・1942）
4位『レイジング・ブル』（マーティン・スコセッシ監督・1980）
5位『雨に唄えば』（ジーン・ケリー、スタンリー・ドーネン監督・1952）
6位『風と共に去りぬ』（ヴィクター・フレミング監督・1939）
7位『アラビアのロレンス』（デビッド・リーン監督・1962）
8位『シンドラーのリスト』（スティーブン・スピルバーグ監督・1993）
9位『めまい』（アルフレッド・ヒッチコック監督・1958）
10位『オズの魔法使』（ヴィクター・フレミング監督・1939）

　1位の『市民ケーン』はオーソン・ウェルズ監督の映画で、新聞王ウィリアム・ランドルフ・ハーストをモデルにした話で

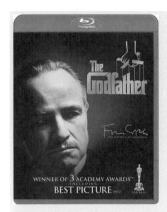

（Blu-ray　パラマウント）

す。アカデミー賞では作品賞など9部門にノミネートされながら、脚本賞のみの受賞で、一般のファンの人からはそれほど人気のある映画でもないように思うのですが、今でも映画研究者の間ではバイブル的な映画と言っていいと思います。パン・フォーカス、長回し、ローアングルなど、様々な演出が駆使されているので、映画の演出技法を勉強するのに役立ちます。『Mank/マンク』（デビッド・フィンチャー監督・2020）はこの映画の脚本を書いたことで有名なハーマン・J・マンキーウィッツを描いています。

　2位の『ゴッドファーザー』は、フランシス・コッポラ監督が、イタリア系のマフィアの家族を描く一大サガで、Part2、Part3も高い評価を得ています。娯楽性もありますし、じっくりイタリア系のアメリカを堪能したい人にはお勧めです。

　3位の『カサブランカ』は第二次世界大戦中に作られた映画で、大戦中、カサブランカに避難してきた人たちがアメリカに亡命する話です。主人公のリック（ハンフリー・ボガート）は酒場を経営しているのですが、そこにかつての恋人だったイルサ（イングリッド・バーグマン）が夫とともに現れます。そこでドラマが起きるのですが、この映画は話そのものよりも、主役のボガートとバーグマンの魅力でもっています。とりわけボガートはニヒルに見えて実は純情な男を演じていて、映画史に

残るかっこいいセリフも随所に出てきます。チェックしてみてください。

4位の『レイジング・ブル』は今でも数々の名作を生み出しているマーティン・スコセッシ監督が実在のボクサーをモノクロ映像で描きました。人間の孤独に迫る映画です。

5位の『雨に唄えば』はジーン・ケリーのタップダンスの場面が有名なミュージカルの傑作。

6位の『風と共に去りぬ』は南北戦争を背景に激しい性格のスカーレット・オハラが引き起こすドラマです。いかにもアメリカらしい映画。スカーレットは自己中心的で周りを振り回す女性なのだけど、バイタリティがすごい。Tomorrow is another day!（今日は苦しいけど、明日は別の日）という台詞は有名です。

7位の『アラビアのロレンス』は、オスマン帝国に対するアラブ人の反乱（アラブ反乱）を支援した、イギリスの軍人のトーマス・エドワード・ロレンスを描いたデビッド・リーン監督の大河ドラマです。砂漠の映像に酔いしれます。

8位はユダヤ人虐殺の問題を描いた『シンドラーのリスト』。スティーブン・スピルバーグ監督の代表作です。彼はこれでついにアカデミー賞監督になります。

9位の『めまい』はヒッチコック監督のミステリーです。キム・ノヴァクが男性を惑わすブロンドの女性で出てきて魅力的です。ヒッチコックらしい捻りが効いていて、高所恐怖症とプロットがうまい具合に絡んでいます。

10位は本書でも何度か言及した『オズの魔法使い』。今ではLGBTのアイコン的映画です。

　これからアメリカ映画について勉強したいと思っている人は、とりあえず、この 10 本をご覧になってはどうでしょうか。今見ても色褪せない名作揃いです。

7章　ホレイショ・アルジャーものの再定義

　伊藤公雄は、「近代社会」においては，男性たちは、「自分が『男である』（つまり『女』や『同性愛者』ではない）ということの証明」をさまざまな形で求められる、その意味で男性にとって、「ストレスフルで不安定な社会」でもあると語っています。1970年代以後のフェミニズム運動はこういう、「近代的なジェンダー構造」に「大きなヒビ」を入れたのですが、多くの男性はいまだに「男性性」の自己証明をさまざまな場で求め続けているのです。

　伊藤は近代社会の男性性を、以下の3つの指標で分析しています。

　「優越指向」（他者と競争し勝たなければならないという心理的傾向）

　「所有指向」（たくさんのモノを所有し管理しなければならないという心理的傾向）

　「権力指向」（他者に自分の意志を押し付けられなければならないという心理的傾向）

　また、かつて「女性は3つのFを理由に，男性と結婚をする必要があったが、今や、そのFの3つとも必要としなくなった」ことも語っています。3つのFとは、ファイナンス（お金）とファザーリング（父親役割）、ファータイル（繁殖力）です。「お金は，女性の経済的自立で男性に依存する必要がな

くなり、父親役割はそもそも子育てに責任を持たない男性は不必要であり、繁殖力＝精子提供は、今や精子バンクで対応可能だ。だから、女性はもはや結婚しなくてもいい」と思うようになってしまったのです。以上のことが男性に「クライシス」を生み出しています。

　伊藤は21世紀の男性問題を「剥奪感の男性化（masculinizationof deprivation）」と表現しています。そして、「かつて維持していた経済力の喪失や、家庭職場、地域社会で『何か奪われている』という思いに、無自覚にとりつかれているのではないか。社会の変化、時代の変容に対応できないまま、いいようのない『不満』や『不安感』を多くの男性が抱き始めているように思われる」と分析しています。

　これまでの男性優位主義社会では、男性たちは、自分たちは女性よりも優越しているのだという思いに依存して生きてきたのです。これは先にあげた安富のホモマゾ理論に繋がるのですが、男性はつらいことがあっても、「俺たちは男なんだ。だから女よりも優っているんだ。だから頑張るしかないんだ」と自分に言い聞かせて、それを支えに生きてきたわけです。それが今や女性に対しても優越できない時代となって、女性の方は3Ｆも一人でやれるようになって、もう男性の存在価値がなくなってしまい、何を拠り所にするかがわからなくなってきたということなのでしょう。

　おそらく今の男性たちは、男性の方が女性よりも得しているという意識はないはずです。社会は男性優位主義だと言われても、「俺たちのどこがそんな恵まれているのだ」と思う人が圧倒的なのではないかと思われます。まだまだ社会の上層部にい

るのは男性ですが、すべての男性が権力を握れるわけではない
ですし、そこに行き着くためには厳しい競争や選抜に耐えなく
てはなりません。ただで権力や地位が手に入るわけではないの
です。

　フェミニストたちは、女性の場合だとある程度のところまで
は上昇できても、それ以上になることは阻まれる「**ガラスの天
井**」が存在していることを訴えてきました。一方で、ワレン・
ファレルは、男たちが戦争や労働などで酷使され、捨てられて
いく「**ガラスの地下室**」の存在を訴えています。社会の最上層
にいるのは男性であるにしても、最下層にいるのも男性です。

　そこまで極端でなくても、女性、黒人、LGBT の場合はまだ
社会のチャレンジャーなので、既存の社会でも開拓の余地があ
ります。一方で、白人異性愛男性はもう行き詰まりに来てし
まって、身動きが取れなくなっています。そのため、ティモ
シー・シェアリーが『ミレニアル・マスキュリニティー』の序
文で言うように、21 世紀の映画は、「セクシュアリティや性的
嗜好、社会的アイデンティティや期待、権力と強さの規範」に
対抗し、「男であることは何か」という「男性の本質」を探る
ものが増えていったのです。

　映画でも、最近の映画は苦悩する白人異性愛男性ヒーローの
話が多くなっています。例えば、スーパーマンの場合でも、
21 世紀のスーパーマンは、クリストファー・リーブの『スー
パーマン』（リチャード・ドナー監督・1978）のように単純明
快ではありません。『スーパーマン・リターンズ』（ブライア
ン・シンガー監督・2006）『マン・オブ・スティール』（ザッ
ク・スナイダー監督・2013）『バットマン vs スーパーマン

ジャスティスの誕生』（ザック・スナイダー監督・2016）と、いずれも、やや暗くて重いです。まさに伊藤が言うところの「剥奪感」を感じます。

　それに比べれば、女性ヒーローや黒人ヒーローはまだ元気です。

女性ヒーローの時代

　ここで、女性ヒーローの歴史を振り返ってみましょう。

　女性ヒーローが初めて登場したとされているのは、やはりポストフェミニズム時代、SF映画『エイリアン』（リドリー・スコット監督・1979）です。それまでアクションヒーローと言えば男性ばかりだったのですが、この映画のリプリー（シガーニー・ウィーバー）は男性並みのアクションでエイリアンと闘い、他の宇宙飛行士たちは全て死ぬのに彼女一人生き残ります。

　次は『羊たちの沈黙』（ジョナサン・デミ監督・1991）で、ＦＢＩの捜査官クラリス（ジョディ・フォスター）が、サイコパスと戦い、猟奇殺人事件を解決します。この映画で二度目のアカデミー賞を獲得したフォスターが、受賞のスピーチで、彼女の役を「女性ヒーロー」という言葉で表現したのは有名です。もはやヒロインではなく、女性もヒーローの時代になったのです。

　その後21世紀になると、『トゥームレイダー』（サイモン・ウェスト監督・2001）『バイオハザード』（ポール・Ｗ・Ｓ・アンダーソン監督・2002）『キックアス』（マシュー・ヴォーン

監督・2010)『ハンガーゲーム』(ゲイリー・ロス監督・2012)『ワンダーウーマン』(パティ・ジェンキンス監督・2017)『キャプテン・マーヴェル』(アンナ・ボーデン、ライアン・フレック監督・2019)『ハーレイ・クインの華麗なる覚醒』(キャシー・ヤン監督・2020)など女性のアクションヒーローは普通になってしまいました。

日本の宮崎駿の映画はアメリカでも高評価を受けていますが、大抵は女の子が活躍する話です。かつては、「頑張れ、頑張れ」というメッセージを送られるのは男の子だったのですが、今では頑張るのは女の子という流れになってきているのです。

男性にプレッシャーをかけてしまうと、そのストレスからDVやパワハラ、自殺など破壊的な行為に出る男性が増えますし、往々にして伝統的な男性ヒーローは、敵がいなかったら自分のアイデンティティを保てないので戦争になってしまいます。

男性であっても、黒人だったら、まだまだこれからポリティカルコレクトネスを推進する余地があります。『ブラック・パンサー』(ライアン・クーグラー監督・2018)は素晴らしい映画で、マーヴェル映画として初めてアカデミー賞作品賞にノミネートされましたが、黒人たちの身体の美しさに感動すら覚える映画です。「ブラック・イズ・ビューティフル」というスローガンを思い出しました。

21世紀になって、大統領もオバマが8年務めました。その後、トランプに敗れてしまいましたが、ヒラリー・クリントンが女性初の大統領になることを期待していた人は多かったはずです。とりわけ、ハリウッドはほとんどの人が民主党支持なの

（Blu-ray Happinet）

で、メリル・ストリープがゴールデングローブ賞の授賞式でトランプ批判をしたのは、世界的に報道されました。

そして、これからはLGBTヒーローもたくさん登場するでしょう。世間一般の人も、今となっては、白人異性愛男性よりも、女性、黒人、LGBTの方が何か新しいことをしてくれるのではないかと期待している人が多いのではないでしょうか。

ホレイショ・アルジャーものの崩壊

　伝統的に「男をあげるもの」とされるのは、お金や社会的成功です。

　ホレイショ・アルジャーをご存知でしょうか。アルジャーは19世紀の作家なのですが、彼の作品の多くは、「**ボロ着から富へ（Rags-To-Riches）**」の物語です。下層の人々であっても、努力すれば富と成功を得ることができるというアメリカンドリームの話です。

　アメリカ映画は『ロッキー』など、社会的に負け犬とされていたような人が奮起して、成功する物語が多いですが、そういう作品をホレイショ・アルジャー的と言います。アルジャー的ストーリーの映画は枚挙に暇がありませんが、大抵の場合、敗者が成功するまでを描いて、そこでエンドとなります。

逆にすでに成功している人を描く物語は崩壊を描くものが多いように思います。最近では『キング・オブ・マンハッタン』（ニコラス・ジャレッキー監督・2018) がその例でしょう。リチャード・ギアがゴールデングローブ賞主演男優賞にノミネートされた映画です。ギアが演じるニューヨークの大物投資家ロバートは、一代で莫大な富と名声を築いたというアメリカンドリーム的人物で、表向きは文句ないセレブです。家族にも恵まれ、人も羨むような生活です。

ところが実情は投資に失敗し大損失を出していて、内心はストレスをため込んでいます。その鬱憤を紛らわすため、妻がいながら他の女性と不倫をしています。ある夜、彼女と車でドライブしているときに、彼のミスで車は横転し、助手席にいた彼女は死んでしまいます。

ロバートはそれを隠蔽するために嘘を重ねてくことになります。そして、徐々に破滅へと向かって進んでいくのですが、図らずも、彼の逮捕に執念を燃やす刑事が不正なことをしていた事実が暴かれることになり、結果として彼は罪を隠し続けることができることになります。とはいうものの、家族との信頼関係は壊れ、心は空洞です。それでも彼は、表面はセレブとして振る舞い続けます。

彼は自分のことを「俺は皆のために紙幣を生み出す救世主だ、神だ」と訴えます。「いつまで？」と娘に問われて、「神でなくなるまでだ、お金ってやつはわからない。多分、一生」と答えます。お金の魔力に取り憑かれると、自分のしていることが分からなくなるということなのでしょう。

日本でも政界や経済界というと灰色のイメージがあります。

権力を持っている人は嫌悪感を抱くようなことをしているのだろうなあと思っている人が多いはずです。一方、キリストのような清貧な生き方をしようとすると、社会的・世俗的な成功は望めなくなってしまいます。

　どっちを取るべきなのか？　男性たちは尊敬される人格を求められるのと同時に、社会的に成功して名をあげることも求められるので、その狭間で揺れ動きながら生きています。ロバートもそういう男性の一人で、全くの悪人として描かれているわけではありません。状況によっては人間はこういうことをしてしまうという恐ろしさがあります。

　学歴や地位、財産や女性関係は男性の自慢話のネタとなります。しかし、こういうものを追求し過ぎる男性は最終的には自滅する、あるいはロバートのように虚飾に塗れた人生を歩むという結末、これもアメリカ映画の常套的なパターンです。

　アメリカはキリスト教の影響が強いので、欲望を追求することは罪だという意識があるのです。ブラッド・ピット主演の『セブン』（デヴィッド・フィンチャー監督・1995）という映画がありましたがこれはキリスト教の七つの大罪をモチーフにしています。**七つの大罪**は**カトリック**ですが、**プロテスタント**も本質的には変わらないはずです。

　『クイーン・オブ・ベルサイユ 大富豪の華麗なる転落』（ローレン・グリーンフィールド監督・2012）は、リーマンショックで一夜にして全てをなくした富豪のドキュメンタリーです。アメリカの金持ちは日本の金持ちとは桁違いの豪華絢爛なのですが、それが一気に借金まみれになっていく。お金は決して確実なものではないのです。

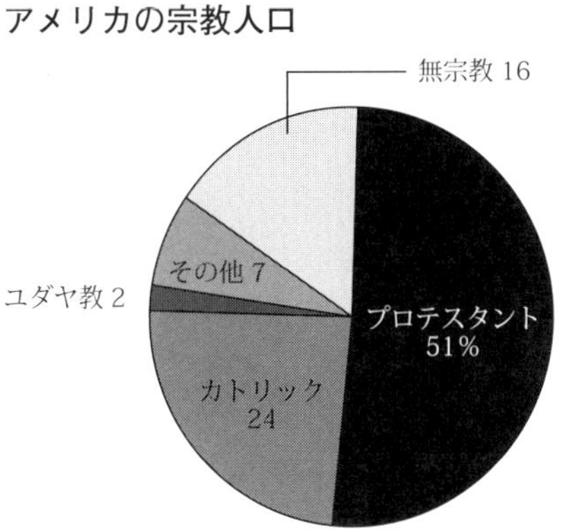

アメリカの宗教人口

図9　出典『世界年鑑2009』共同通信社

　『TIME／タイム』（アンドリュー・ニコル監督・2012）も面白い映画でした。近未来ものですが、この映画では、時間をお金のメタファーとして使っています。貧富の差の拡大した近未来の社会では、人口過剰になることを恐れて、人間は25歳以上は生きられない世の中になっています。25歳以上の人はお金で時間を買わないことには死ぬことになるのです。そのため、富裕層は永遠にでも生きていけるのに、貧しい人は若くして死ぬ以外にないのです。貧富の差の激しい社会を風刺しています。

　とはいうものの、この映画でマット・ボマー扮する金持ちは自分の持っている時間を主人公に与えて自殺してしまいます。すなわち、お金があったにしても幸せではないことが示唆されるのです。

　ここで思い出さなくてはならないのは『華麗なるギャツビー』（バズ・ラーマン監督・2013）でしょう。これはスコッ

ト・フィッツジェラルドの小説『グレート・ギャツビー』
（1925）の映画化です。この作品はアメリカ文学の不朽の名作
で、何度も映画化されていますが、最新版ではレオナルド・
ディカプリオが主演しています。

　ギャツビーは貧しい敗残の農夫の息子であるがゆえに金持ち
の世界に憧れ、デイジー（キャリー・マリガン）という上流の
女性と恋に落ちます。しかし、彼が戦争に行っている間に彼女
は富豪の男トム（ジョエル・エドガートン）と結婚してしまい
ます。戦争から帰ったギャツビーは暗黒街で巨額の富を築きあ
げ、デイジーを取り返すために、夜毎に豪華絢爛なパーティー
を繰り広げるのです。

　そして、隣人のニック（トビー・マグワイア）の助けもあっ
て、どうにか彼女と再会し再び関係を取り戻すのですが、デイ
ジーの運転する車がトムの情婦のマートル（アイラ・フィッ
シャー）を轢き殺してしまいます。その後、デイジーはトムに

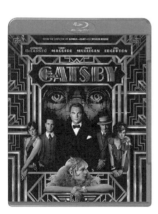

（Blu-ray ワーナー・ホーム・ビデオ）

唆されて、ギャツビーに罪をな
すりつけ、誤解されたギャツ
ビーはマートルの夫ウィルソン
から射殺されます。そして、
ウィルソンもその後自殺するの
ですが、デイジーは何事もな
かったかのようにトムとヨー
ロッパへと去っていきます。残
されたニックは、ギャツビーを
食いものにした彼らに批判の目
を向けます。

　この物語は、ギャツビー、マートル、ウィルソンの３人が死ぬわけですが、３人とも元々が貧乏です。これも結局、金持ちの前では貧乏人は死ぬしかない話なのです。一方で、物質主義を追求しすぎるとトムやデイジーのように精神的に腐敗してしまいます。アメリカらしい話ですね。

　21 世紀になって、サクセスストーリーも、女性や黒人が主役のものが多くなっていますが、女性や黒人の場合であっても、あくまで自分の信じたことを追求した結果としてお金や地位を得るのであって、お金や地位のために汚いことをすることはアメリカ映画では推奨されません。

　『プラダを着た悪魔』（デヴィッド・フランケル監督・2006）ではヒロイン（アン・ハサウェイ）がファッション業界で昇詰めながらも、最終的には汚い世界が耐えられなくて、仕事をやめることになります。それまで頑張っていた彼女が携帯をドンと噴水の中に捨てる場面は印象的です。

白人異性愛男性の被害者性

　もう一度繰り返しますが、アメリカの支配階級の規範は、白人異性愛男性です。しかし、総論的に考えればそうであるにしても、各論的に考えれば必ずしもそうではないことは言うまでもありません。

　ここでは、従来の白人異性愛男性のイメージを変化させた作品として、カーティス・ハンソン監督の映画『８マイル』(2002) を中心に分析してみたいと思います。この映画は、主役を演じる**ヒップホップ** MC エミネム自身の伝記的な映画とも

言われており、タイトルの「８マイル」とはデトロイトの白人居住区と黒人居住区を分かつ８マイル・ロードを指します。エミネムが演じるジミー・スミス Jr.（愛称ラビット）は、黒人居住区に住み、**ラップ**の世界で成功しようと考えている青年です。しかし、ラップという黒人がマジョリティの世界に入っていった彼は、そこで白人であるが故の差別と直面することになります。「白人差別」はそれまでほとんど取り上げられることのなかった問題で、『８マイル』は、それを描いた画期的なものとして、映画史に残ることになるはずです。

　まず、この映画が生まれるには社会的な必然性があったことを押さえておかなくてはなりません。レーリングは、「白人異性愛男性が女性だけではなく、他のマイノリティグループ、とりわけ黒人に負けることになったというメディアの流れは 90 年代に生まれて」おり、90 年代の白人男性たちは、「自らを**フェミズム、アファーマティブ・アクション**、移民、父親不在、政府と連邦の権威の犠牲者であると捉えていた」のでした。

　『ミスター・ソウルマン』（スティーブ・マイナー監督・1986）というコメディ映画があります。この映画の主人公はハーバード大学に合格するのですが、進学のための費用がなくて困っています。それで、サンレスタンニングを使用して黒人になりすますことになります。黒人学生のみに適用される奨学金制度を利用するためです。アファーマティブ・アクションとは黒人や女性に特別な枠を設けて、差別を是正する措置のことを指します。

　白人男性からしてみれば、この制度は不公平です。黒人や女性であっても恵まれた環境に生まれ育った人はいます。白人男

性でも底辺にいる人はたくさん
いるのです。しかし、白人異性
愛男性の場合は、特権階級とし
て一括りにされるため、不平不
満を訴えることができません。
『8マイル』の主人公ラビット
も、**プアホワイト**であり、素行
の悪い母ステファニー（キム・
ベイシンガー）とトレーラーハ
ウスで暮らし、黒人や女性から
も不当な扱いを受けています。
しかし、白人異性愛男性である

（DVD ジェネオン・ユニバーサル）

が故に、それを甘受しなくてはならないのです。

　21世紀になってくると、白人よりも黒人の方がある面男性
的で、白人男性が黒人男性を模倣するようになっていきます。
ラップは黒人が生み出したものですが、男性性のパフォーマン
スです。ホワイト・マイルズが言うように、「男らしさや男の
アイデンティティと折り合いをつけようとする思春期の白人の
少年たちにとって、ヒップホップのビデオに登場する、威張っ
て歩く、黒人男性のイメージは魅力的な姿であり、真似すべき
男らしさの真の望ましい象徴となった」のです。

　『8マイル』の翌年に出た『お坊ちゃまはラッパー志望』
（ジョン・ホワイトセル監督・2003）は、タイトルからも推察
できるように、主人公が金持ちの甘やかされた息子です。父親
は、不甲斐ない息子をどうにかしようとラッパーの世界の現実
を知らせるために黒人を雇うことになります。すなわち、男性

度が白人よりも黒人のほうが上なのだという前提で話が組み立てられています。先にも述べてきたとおり、ハリウッドでは伝統的にウルフのような野生的な要素を持った男性がヒーローとしてもてはやされるのですが、今となっては、「ビッグ・バッド・ウルブス」は黒人の領域と言えるのかもしれないのです。

　余談ですが、色彩学的に考えても、リチャード・ダイヤーが言うように、白は「道徳」「美的優越」「純粋さ」「清潔さ」「処女性」などの意味を含蓄しています。一方、「不在」という意味も込められています。これらの言葉は、男性よりも女性の美点とされてきた特質です。一方で、先にもあげた遠藤徹の説によれば、黒は白よりも男性性の次元が上です。「黒は全ての色を呑み込み、打ち消す無表情な色」で「白のようにあらゆる色にすぐ侵されて（＝犯されて）しまう受動性とは対極にある」のです。そう考えれば、まさしく白は女性・ウサギとオーバーラップしますし、黒は男性・ウルフとオーバーラップします。この映画では白いことが彼の男性としての劣等性の象徴となるのです。

　映画では、話の終盤、黒人のラッパーのウインクが恋人のアレックス（ブリタニー・マーフィ）とセックスをしているところを見つけたラビットが、ウインクを殴りつけ、その報復として、ウインクの仲間たちにつかまって、夜の路上で殴る蹴るの暴行を受けます。これは**ロドニー・キング事件**と逆の状況を思わせます。ロドニー・キング事件とは1991年3月3日に仮釈放中のロドニー・キングという黒人が、スピード違反でパトカーにつかまり、複数の白人警官から激しい暴行を受けた事件です。この様子がたまたま近所の住人によって撮影されてお

り、ニュースとして報道され、その後、白人が無罪になったため、1992 年 4 月から 5 月の**ロス暴動**へとつながる原因のひとつとなったとされています。しかし、この映画では、白人が複数の黒人に無様に殴られます。従来の白人と黒人の権力関係の逆転です。

加藤幹郎は『映画ジャンル論』のなかで、男性が「社会が要請する『男性原理』へと自己同一化することができず、それゆえ社会的弱者として画面の内に召喚される」ものを「男性映画」として定義していますが、この映画で、ステファニーがテレビでダグラス・サークのメロドラマの 傑作『悲しみは空の彼方に』を見ている場面が挿入されるのは引喩です。『悲しみの空の彼方に』は黒人女性の苦悩を描いた女性映画・メロドラマですが、『8 マイル』は白人男性のメロドラマなのです。

ラビットは黒人のみならず、女性からも虐待されています。彼の母ステファニー、元彼女のジャニーン、そしてアレックスは、三者三様に男性に依存し、財力や保護者としての能力を要求しようとします。つまり、彼女たちは伝統的なジェンダーを男性に求め、男性依存から抜け出すことができないのです。

こう見てくると、ラビットは黒人に対しても、女性との関係においても「被害者」という立場であり、この彼の立場がクライマックスのラップバトルの場面で生きることになります。

ラビットは、大勢の黒人たちのまえで、自分が「**ホワイトトラッシュ（白いゴミ）**」であり、トレーラーハウスで母親と暮らし、黒人に殴られ、黒人に女を寝取られた男だということを訴えます。一方で、対戦相手のパパドク（アンソニー・マッキー）は、黒人とはいっても、上品な私立学校出身のお坊ちゃ

んであることを暴露され、負けを認めざるを得なくなります。「俺の方がお前よりも社会の犠牲者だ」と激しく訴えることで、ラビットはラップバトルに勝つことになるのです。

弱者であることを認める勇気

　ここで、ラビットが行使するのは、「弱者の権力」「被害者の権力」です。先述の通り、白人異性愛男性であることの不利益は、弱者や被害者の立場に自分を置くことができないことです。まして、相手が黒人や女性など、自分よりも社会的に下位と見做されている存在であれば、なおさら、自分の方が犠牲者だと訴えることは男性的ではないと見なされます。しかし、その「男の鎧」を脱ぎ捨て、「俺は被害者だ」と自らが弱者であることを認めたことで逆説的にラビットはヒーローの座をつかむのです。前の章で分析した『ファミリー・ツリー』もそうなのですが、男性が、弱さを晒すと言うのは勇気ある行動です。そして 21 世紀はそれが推奨されるようになってきています。

　バトルの後、彼にラップの道を続けることを促す友人のフューチャーと肩をあわせ、友情を確かめ合うものの、ラビットは一人で家路へと去って行きます。このラストシーンはラビットが、自我を確立したことを意味しています。映画の中盤に、「高望みを捨て、地に足をつけるのはいつだ」とラビットがつぶやく場面が出てきますが、ラビットにとっての目標は、地に足をつける決心をすることだったのです。彼がバトルに勝ったことをきっかけに、スターになっていく結末になることを予想していた観客が多かったはずですが、むしろ地道な生き

方を選ぶという現実的な終わり方となります。

　ロバート・ムーアとダグラス・ジレットは、『男らしさの心理学』のなかで、「真の謙虚さは、自分の限界を知ることである」と語っています。この本によると、ヒーローの死は少年の「死」、少年心理の死です。それは成人と「成人心理」の誕生でもあるのです。男性心理のなかには、自分をヒーローと考え、「スタンドプレイをする威張り屋」の極と、自分にヒロイックな部分を感じることのできない「臆病者」の極とが存在しています。ヒーローと臆病ものは不十分な男性性の両極であり、両者を統合することで、男性は「十全たる男」になります。臆病者だったラビットは、大勢の前で激しく自己主張をして自分の内面のヒーローを発見することで、自我を統合させることに成功したのです。そして、この出来事があったことで、彼は自分の限界を知り、自分の中のヒーローを葬る決心をつけます。夢を断念することは、成人心理の誕生を意味しているのです。

　話の伏線からすると、ラストシーンの後、ラビットは愛する妹リリーのもとに帰ることが想像されます。この映画のなかで、ラビットが最も平和で満ち足りた様子を見せるのは、リリーの世話をしている時だからです。ラビットに、自分の内なる父親を目覚めさせてくれるのはリリーなのです。『ファミリー・ツリー』同様、この映画でも、「父になること」（父親代りになること）が男たちの苦悩の解決策であることが示唆されます。ちなみに『8マイル』と同年の『アバウト・シュミット』（アレクサンダー・ペイン監督・2002）でも、主人公（ジャック・ニコルソン）は、アフリカの子供の里親になろうとします。カーティス・ハンソン監督の前作『ワンダーボーイ

ズ』(2000) では、主人公（マイケル・ダグラス）に子供がで
きるところで、ハッピーエンドとなります。誰かの居場所にな
ることが、自分の居場所を見つけることになるのです。

　伊藤公雄は、『戦後という意味空間』のあとがきで、「1970
年前後に生じた『リベラル』の動き、特に社会的マイノリティ
の権利の擁護といわゆる『**アイデンティティ・ポリテイクス**』
（社会的マイノリティの自己確認と承認要求）の広がりが、
1990 年代のいわゆる『文化戦争』（保守派の家族規範や道徳
の強調の動き）を経て、今や『リベラル』批判へと深化しつつ
あるように見える。社会的マイノリティのアイデンティティ・
ポリテイクスに対する、社会的マジョリティ（と思い込んでい
る人々）からの『反発』『反撃』の時代と呼んでもいいのかも
しれない。いわば社会的マジョリティ（でありたい人々、そう
自認したい人々）のアイデンティティ・ポリテイクス（承認要
求）とでもいえるような事態が始まっているようにも感じるの
だ」と述べています。

　アイデンティティ・ポリティクスという言葉はとらえるのに
難しいかと思いますが、ここで私が訴えたいのは、白人異性愛
男性であっても、人によって格差があることは承認されてしか
るべきということなのです。「あなたたちは男なんだから」「白
人なんだから」「ゲイじゃないから」という言葉で、白人異性
愛男性の被害者性を軽視し、退けるのは、差別です。

　これからは白人異性愛男性問題も議論されていくことになる
はずです。

8章　インターセクショナリティとは？

　この章では**インターセクショナリティ**と映画について考えて
みたいと思います。

　『8マイル』のラビットの場合は、「男性」で「異性愛」です
が、「プアホワイト」で、「小柄」で、仕事は「自動車工場の労
働者」です。「ラップ」の世界を生きています。それらの様々
な属性が絡み合ったところにドラマが生まれます。

　本書はジェンダーを中心にしていますが、人間の属性はジェ
ンダーだけではありません。様々なアイデンティティが絡み
合って、個人ができあがっていることに思いを巡らしてみてく
ださい。インターセクショナリティとは、ジェンダー、人種、
エスニシティ、階級など、いくつもの差別が組み合わさり、相
互作用して独特の抑圧が産まれる状況を指します。

人種・エスニシティ

　人種問題と言えば、アメリカの場合はまず**黒人**（アフリカ
系）です。黒人問題についてはこれまでの章でも触れました
が、あらためて黒人スターのことを振り返ってみたいと思いま
す。

　ハリウッドで黒人最大のスターとして尊敬されてきたのはシ
ドニー・ポワチエです。彼は『野のユリ』（ラルフ・ネルソン
監督・1963）でアカデミー賞主演男優賞を得ています。アカ
デミー賞では、1939年に『風と共に去りぬ』でメイドの役を

（DVD ソニー・ピクチャーズクラシック）

（DVD ワーナー・ホーム・ビデオ）

演じたハッティ・マクダニエルが助演女優賞を得ているので、黒人として初受賞ではないですが、主演としては初めてであり、男優としても初めてです。

　ポワチエは優等生的黒人と言われてきました。例えば、彼の代表作の一つである『招かれざる客』（スタンリー・クレイマー監督・1967）は、黒人男性と白人女性の結婚問題を描く映画ですが、彼が演じる主人公は一流大学出のエリートで、文句がつけようがないキャリアの持ち主。しかも礼儀正しいジェントルマンで、思慮深く、これ以上ないくらいの人格者として描かれています。彼は、白人から見て、「この人だったら黒人であっても許せる」と思うくらいの人物を演じてきているのです。逆に言えば、そういう優等生でな

かったら、黒人は受け入れられなかったのです。

このことは最近の『ルース・エドガー』（ジュリアス・オナ監督・2019）でも描かれました。ルースは白人の夫婦の養子となっている黒人の高校生なのですが、学業も優秀でスポーツもでき、周りからも愛される模範的な生徒。しかし、彼は周りのそういうイメージに合わせなくてはならないことに葛藤を感じていたことが徐々にわかっていきます。そして、衝撃的な展開へと繋がっていくのです。白人だったらいい子を演じなくても愛してもらえる、でも、黒人は・・・？ということについて考えさせられます。見応えのある映画でした。

ポワチエの後の黒人最大スターはデンゼル・ワシントンでしょう。彼はポワチエとは逆で『トレーニングデイ』（アントワーン・フークア監督・2001）『フライト』（ロバート・ゼメキス監督・2012）など、反抗したり、ルールを破ったり、反骨精神を持った黒人を演じてきています。その意味で先駆的な人と言えるかもしれません。一般に黒人男性は白人男性以上に男性的あることにこだわるというデータは発表されていて、これは映画を見ていてもわかります。デンゼルはそういう役を演じてきています。黒人のマッチョなバッドウルフです。

モーガン・フリーマンは『ドライビング・Miss・デイジー』（ブルース・ベレスフォード監督・1989）の運転手役やアカデミー賞助演男優賞を獲得した『ミリオンダラー・ベビー』など、人生の酸いも甘いも噛み分けた人生経験豊かな深みのある役で台頭していきます。彼は白人を導く「**マジカル・ニグロ**」役がうまい人です。ウィル・スミスは『アラジン』や『メン・イン・ブラック』（バリー・ソネンフェルド監督・

1997）などで愛されるキャラを演じています。

　何よりも、最近の黒人俳優は黒人である必然性のない役で出るようになったのが大きな進歩であると思われます。『素晴らしきかな、人生』（デヴィッド・フランケル監督・2016）のウィル・スミスの役などは、20世紀だったら白人がやっていた役でしょう。

　また21世紀になって黒人の描き方も裾野が広がってきた感があります。黒人と一言で言っても多様です。『それでも夜は明ける』（スティーヴ・マックイーン監督・2013）は**自由黒人**でありながら、普通の黒人と間違われて奴隷に売られる男の話ですし、『白いカラス』（ロバート・ベントン監督・2003）は**アルビノ**で白人としてとおるため、黒人であることを隠して生きてきた黒人男性を描いています。また、『レイチェル　黒人と名乗った女性』（ローラ・ブラウンソン監督・2018）というドキュメンタリー映画があります。これは、白人のアイデンティティを拒否し、黒人として生きようとした女性の話です。

　21世紀になって、『トレーニングデイ』のワシントン、『レイ』（テイラー・ハックフォード監督・2004）のジェイミー・フォックス、『ラスト・キング・オブ・スコットランド』（ケヴィン・マクドナルド監督・2006）のフォレスト・ウィッテカーと3人もアカデミー賞主演男優賞の受賞者が出たのは長足の進歩です。20世紀の主演男優賞はポワチエ一人だったわけですから。

　女優の方は助演で受賞している人は何人かいますが、主演で受賞したのは、アカデミー賞の長い歴史の中で、『チョコレート』（マーク・フォースター監督・2001）のハル・ベイリーた

だ一人です。彼女が授賞式で泣きに泣いた姿は世界中に報道されました。スピーチの終了を促された彼女が、「ちょっと待って！黒人が受賞できなかった 74 年分の時間が欲しいんです」と叫んだのは有名です。あれから早くも 20 年近い月日が流れています。そろそろ二人目の受賞者が出ることが期待されます。

またアメリカ映画では『メン・イン・ブラック』シリーズなど白人と黒人が相棒のバディ映画が極めて多いことも記憶しておかなくてはなりません。最近ではアカデミー賞作品賞受賞の『グリーンブック』（ピーター・ファレリー監督・2018）が代表的な例として挙げられます。これはイタリア系の白人とゲイの黒人男性の話です。そして、前者が運転手、後者は有名人なので、ゲイで黒人という二重の差別を受けていても、階級は彼の方が上となります。差別の構造は込み入っているのです。

先にあげたポワチエの『招かれざる客』の設定を反転させた映画として、『ゲスフー　招かれざる恋人』（ケヴィン・ロドニー・サリヴァン監督・2005）『ゲットアウト』（ジョーダン・ピール監督・2017）が挙げられます。前者は『招かれざる客』とは逆で白人男性と黒人女性のラブ・コメディ、後者は黒人男性が恋人の白人女性の家に行ってみると、恐ろしい家族だったことがわかっていくホラーです。

黒人差別の歴史を知りたい人には、『マルコム X』（スパイク・リー監督・1992）、マーティン・ルーサー・キング牧師について描いた『グローリー　明日への行進』（エイヴァ・デュヴァーネイ監督・2014）、作家のジェイムズ・ボールドウィンの原稿を元にしたドキュメンタリー映画『私はあなたのニグロではない』（ラウル・ペック監督・2016）がおすすめです。

（DVD ジェネオン・ユニバーサル）

次に挙げなくてはならないのは**ユダヤ系**です。元々映画界はユダヤ系の人が多いとされ、スティーブン・スピルバーグ、バーブラ・ストライサンド、ウッディ・アレン、ベット・ミドラー、ダスティン・ホフマンなど、大物揃いです。

ユダヤ系の人というと鼻が大きくて、お金に煩くて、インテリで、男性の場合は軟弱というステレオタイプが存在します。

スピルバーグ監督の『シンドラーのリスト』など、ナチスのユダヤ人迫害を描いた映画は山のようにあります。また、ウッディ・アレンの一連の映画ではユダヤ系の人独特の感性を感じ取ることができます。とりわけ彼の代表作の『アニー・ホール』(1977) は、序盤から、アレンが演じる主人公が、「あなた（You）と言ったのが、ユダヤ人（Jew）に聞こえた」という自虐的な台詞が出て来て、彼がユダヤ系であることにコンプレックスを持っていることがよくわかります。21 世紀の映画ではコーエン兄弟によるコメディ『シリアスマン』（2009）が、ユダヤ人コミュニティの揺らぎを描いています。

イタリア系の人としては、アル・パチーノ、ロバート・デ・ニーロ、レオナルド・ディカプリオ、ニコラス・ケイジ、フラ

ンシス・フォード・コッポラ、マーティン・スコセッシ、クエンティン・タランティーノなどが挙げられます。

　映画でイタリア系といえば、何よりも『ゴッドファーザー』『グッド・フェローズ』（マーティン・スコセッシ監督・1990）などのようなマフィア物が有名です。イタリア系は、マザコン男性が多く、家族主義というイメージです。アメリカは大人になったら普通は独立するのですが、イタリア系の人は同居する習慣があります。ちなみにディカプリオは『レベェナント』（アレハンドロ・ゴンサレス・イニャリトゥ監督・2015）でアカデミー賞主演男優賞を受賞した時に、ガールフレンドではなく、お母さんを同伴して会場に現れました。イタリア系家族の文化に関心のある人は、シェールが主演した『月の輝く夜に』（ノーマン・ジェイソン監督・1987）をご覧ください。イタリアの男性は女性なら誰でもナンパしようとするという話を聞きますが、この映画では、「なぜ、男は複数の女を追うの？」「さあ、死への恐怖かも」という台詞のやりとりが出てきます。これは映画史に残る名台詞の一つです。

　アイルランド系はベン・アフレック、クリントイーストウッド、ハリソン・フォード、ショーン・ペン、ジョージ・クルーニーなどが挙げられます。

　ケネディ大統領もアイルランド系ですし、彼はロイヤル・ファミリーの出ですが、映画ではアイルランド系というと、貧しい人という描き方がされることが多いです。『バックドラフト』（ロン・ハワード監督・1991）『ザ・ファイター』など、消防士やボクサー、警官など体を張ったような仕事をしている人というイメージになります。

　アメリカでは当初はイタリア系やアイルランド系の人は白人とは見做してもらえず、20世紀になってから白人に同化したせいで、独自のイメージを今でも保っています。とはいうものの、こういう人たちが純粋にそのエスニシティの出自なわけではありません。今となっては、大概の人はその血が混じっているというだけのことで、別々のエスニシティの親の間に生まれた人たちです。したがって、純粋にその系統とはいえなくなってきましたし、いろいろな血が混じっているからハイブリッドという言い方もできるかもしれません。

　さらにこの頃は**アジア系**や**ヒスパニック**の人たちの活躍も目立ちます。

　アジア系を描く映画としては『search/サーチ』（アニーシュ・チャガンティ監督・2018）『クレイジー・リッチ』（ジョン・M・チュウ監督・2018）『フェアウェル』（ルル・ワン監督・2019）が挙げられます。かつては、アジア系男性は洗濯屋など女性的な仕事のイメージが強かったですが、今ではアジア系の人は一般によく勉強するため、高学歴の人が多いとされていて、頭脳派というステレオタイプです。日本未公開の『グッド・ラック・トゥマロー』(ジャスティン・リン監督・2002)やレズビアンのカップルを描いた『素顔の私を見つめて』（アリス・ウー監督・2004）にもそのことが描かれています。

　ヒスパニックとなった場合はなんと言っても『ウエストサイド物語』（ロバート・ワイズ、ジェローム・ロビンズ監督・1961）ですが、21世紀のものとしては、『スパングリッシュ』(ジェームズ・L・ブルックス監督・2004)『マクファーラン

ド』（ニキ・カーロ監督・2015）などが挙げられます。『明日を継ぐために』（クリス・ワイツ監督・2011）はヒスパニック系の不法移民の話です。これは主演のデミアン・ブチルがアカデミー賞主演男優賞にノミネートされています。印象に残る佳作でした。

ネイティブアメリカンに関しては、映画では西部劇の時代には敵役として差別的に描かれていたのが、ケヴィン・コスナーがアカデミー賞作品賞・監督賞を受賞した『ダンス・ウィズ・ウルブズ』（1990）が友好的に敬意をもって描き、その後は描き方が変わっていきます。

21世紀の映画でネイティブアメリカンが出てくるものとしてあげられるのは、『ニュームーン／トワイライト・サーガ』（クリス・ワイツ監督・2009）でしょう。「トワイライト」シリーズの2作目ですが、前作ではヴァンパイアと恋に落ちたヒロインが今度はネイティブアメリカンと恋に落ちます。彼のワイルドな体が強調されていました。

その他、移民の話としては『グッド・ライ』（フィリップ・ファラルドー監督・2014）という映画があります。これは**スーダンのロストボーイズ**たちを描く話ですが、スーダンの男性たちは男同士で手を繋ぐ習慣があることがわかります。『扉をたたく人』（トーマス・マッカーシー監督・2007）は**シリア系移民**の若い男性とアメリカの初老の大学教授の友情の話です。

こうやって並べていくとエスニシティだけ見ても、様々なアイデンティティの人間たちが交錯していく様子がよくわかります。『クラッシュ』（ポール・ハギス監督・2005）はアカデミー賞作品賞を受賞しましたが、エスニシティが複雑に交錯す

るロサンゼルスの群像を描いています。

身体障害と病気

　私が映画少年になったのは 1970 年代の後半ですが、当時は身体障害者を描く映画が非常に多かったという記憶があります。盲目のスケーターを描いた『アイスキャッスル』（ドナルド・ライ監督・1978）や聾唖のダンサーを描いた『ふたりだけの微笑』（ロバート・マーコウィッツ監督・1978）など、小品ですが印象的な映画でした。

　世界的な大ヒットとなった『エレファントマン』（デビッド・リンチ監督・1980）はプロテウス症候群で体が変形した実在の男性ジョゼフ・メリックを描いています。その後、シェールが、ライオン病の息子を持った母親を演じてカンヌ映画祭最優秀女優賞を獲得した『マスク』（ピーター・ボクダノヴィッチ監督・1984）も実話です。

　21 世紀の映画では、『ワンダー　君は太陽』（スティーブン・チョポスキー監督・2017）も同系統の映画です。トリーチャーコリンズ症候群で、顔が変形した男の子を描いています。

　障害者を主人公にした映画は時として「感動ポルノ」と非難されます。すなわち、病気を持った人を泣かせのネタにしていることを批判されるわけです。ダニエル・デイ・ルイスは『マイ・レフトフット』（ジム・シェリダン監督・1989）で実在の脳性麻痺の男性を演じてアカデミー賞主演男優賞を受賞しましたが、俳優たちが障害者役をうまく演じれば演じるほど、障害者の物真似をしている、障害者を見世物にしているようにも見

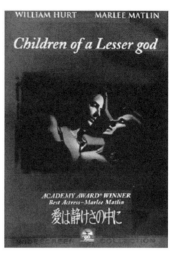

えてくるのです。実際、昔はフリークショーと呼ばれる見せ物は存在していました。それを描いたのは大ヒットとなった『グレイティスト・ショーマン』（マイケル・グレイシー監督・2017）です。

また、障害者は社会的弱者なので、現実よりも美化して描かれることもあります。それも偽善的だと批判されます。その意味で実際

（DVD パラマウント・ホーム・エンタテインメント・ジャパン）

に聾唖の女優であるマーリー・マトリンが主演し、アカデミー賞主演女優賞を受賞した『愛は静けさの中に』（ランダ・ヘインズ監督・1986）はとても良かったと思います。ヒロインを性的に不道徳な一面を持った女性として描いているからです。

障害者を差別するのはしてはいけないことですが、憐憫の目で見るのも失礼なのです。「世の中にはそういう恵まれない人もいるのだから」という言い方で同情するのは、その人を自分よりも下に見ているということになるのです。

障害者の人はある面他の人よりも優れている面があるのだと言われます。この映画でも、マトリンが、流れている音楽が聞こえてもいないのに床の振動に合わせてダンスをする場面が出てきます。私の知人で、片耳が聞こえない人がいるのですが、その代わりもう一方の耳が普通の人の二倍聞こえるのだそうで

す。

　死病映画もかつては多かったです。『ある愛の詩』は世界的に大ヒットとなったものとして有名ですが、あの当時は、『ジョーイ』（ルー・アントニオ監督・1977）『エリックの青春』（ジェームズ・ゴールドストーン監督・1975）など、アメリカではテレビ用に作られた映画を日本では劇場にかけて、大ヒットを狙っていたという感がありました。イタリア映画の『ラストコンサート』（ルイジ・コッツィ監督・1976）『フィーリング・ラブ』（ルッジェロ・デオダート監督・1978）なども日本では大きく映画館にかけていましたが、やはり死病映画です。「白血病は映画の世界の流行病なの?!」と皮肉をいう人もいました。当時の観客は映画で泣きたいと思う人が多かったのでしょうか。

　しかし、21世紀は『きっと、星のせいじゃない』（ジョシュ・ブーン監督・2014）『50/50　フィフティ・フィフティ』（ジョナサン・レヴィン監督・2011）など難病を扱っていても主人公が死ぬとは限らず、そういう病気と診断された主人公がどう生きるかという部分に焦点が当たります。

　また『私の中のあなた』（ニック・カサベテス監督・2009）はさらにひねりを加えています。これは長女が白血病なのですが、骨髄移植のドナーが見つからず、長女にドナーを提供する目的で両親がもう一人子供を産んでしまいます。そして、その次女が成長して親を訴えるという話です。医学が進歩したがために倫理的な部分で問題のあることが起きてしまったのです。これからはこういう映画も出てくるでしょう。

　2017年のアカデミー賞作品賞は『シェイプ・オブ・ウォー

ター』（ギレルモ・デル・トロ
監督）が受賞しました。これは
口のきけない女性と水中生物の
ラブストーリーです。水中生物
は明らかにマイノリティのメタ
ファーです。これが作品賞を得
たことは、これからはマイノリ
ティの時代だということをあら
ためて感じさせる出来事でした。

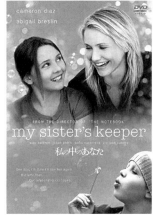

発達障害・学習障害

（DVD ギャガ）

　2012 年、スピルバーグが学習障害と診断されたことを告白
します。彼がそう診断されたのは 21 世紀になってからで、子
供の頃は周りの理解がなくいじめられ、学校が嫌いで、卒業も
他の人たちよりも遅れたことを告白しています。

　スピルバーグの場合は**ディスレクシア**（難読症）です。文字
の読み書きに問題を抱えていたとのことです。ちなみにトム・
クルーズやキアヌ・リーブスもディスレクシアであったことを
公表しています。21 世紀になって発達障害や学習障害の人へ
の理解は深まってきていますが、20 世紀までは障害とはみな
してもらえなかったため、学校でも配慮をしてもらえず、そう
いう障害を抱えた子たちは先生からもひどい怒られ方をするこ
ともたびたびでした。しかし、21 世紀になってからは、配慮
が促されるようになりました。

　アスペルガーの人は、こだわりが強く、できることとできな

193

いことが極端であり、場の空気や言外の意味を読むのが苦手
で、しかも表情に悩みが出ないため、他人から誤解されやすい
と言われます。しかし、その一方で得意な事柄には人並外れた
才能を発揮するため、エジソンやアインシュタインなど天才は
アスペルガーが多いとも言われます。

　アスペルガーを主人公にした映画としては、アカデミー賞に
もノミネートされた『ものすごくうるさくてありえないほど近
い』（スティーブン・ダルドリー監督・2011）があります。ア
スペルガーの男の子がアメリカ同時多発テロ事件で死んだお父
さんを探して、旅を続ける話です。途中で失語症のおじいさん
や黒人の男性など様々なアイデンティティの人と交流していく
ことになります。

　『モーツアルトとクジラ』（ペッター・ネス監督・2005）『恋

（DVD ワーナー・ブラザース・ホームエンター
テインメント）

する宇宙』（マックス・メ
イヤー監督・2009）は恋
愛ものですが、主人公は数
字や惑星の動きなど普通の
人は全く知らないようなこ
とを詳しく知っています。
アスペルガーらしい、特異
なこだわりを持っていま
す。『ナイトウオッ
チャー』（マイケル・クリ
ストファー監督・2020）
は小さな映画ですが、サス
ペンスものです。タイ・

シェリダンが事件に巻き込まれる、アスペルガーの主人公を演じていて、彼の表情の演技が見ものです。まったく何を感じ、考えているのかわからないというアスペルガー的雰囲気を上手く出しています。

　ADHD（多動性障害）は落ち着きがなく、物事を最後までやり遂げることが苦手で、重大なことを軽率に決断してしまうなどが特徴としてあげられます。指しゃぶりをやめられない男の子を描いた『サムサッカー』（マイク・ミルズ監督・2005）がADHDを扱った映画です。

　その他、ディスレクシアは『イン・ハー・シューズ』（カーティス・ハンソン監督・2005）、統合失調症は『ビューティフル・マインド』（ロン・ハワード監督・2001）、強迫症は『マッチスティック・マン』（リドリー・スコット監督・2003）などで描かれています。

　20世紀にも『レインマン』（バリー・レヴィンソン監督・1988）や『フォレスト・ガンプ／一期一会』など障害を持つヒーローの話はありましたが、彼らの場合はその純粋さで周りを浄化してしまう触媒のような雰囲気がありました。したがって、彼らよりも彼らの影響で周りの人たちがどう変わっていくかという部分に主眼があったように思えます。

　一方で、上に挙げたような21世紀の発達障害の話は主人公自身の方に焦点が当たっています。そのあたりが21世紀的な部分であることを思わせます。障害はその人の個性なのです。世の中に全然普通と違ったところのないまともな人なんているでしょうか？何か変なところがあるのが普通です。それを認め合うのがこれからの社会なのです。

依存症

　アルコール、麻薬、ギャンブル、セックスに依存する人の話も多いことを押さえておきましょう。

　とりわけ麻薬中毒は、最近の映画では大きなテーマで、『ベン・イズ・バック』（ピーター・ヘッジズ監督・2018）『ビューティフル・ボーイ』（フェリックス・ヴァン・ヒュルーニンゲン監督・2018）は家族が麻薬中毒の息子をどうにか立ち直らせようとする話です。前者は母親、後者は父親との関係が中心となります。

　J.D. ヴァンスのベストセラーの映画化『ヒルビリー・エレジー　郷愁の哀歌』（ロン・ハワード監督・2020）では、主人公の母親（エイミー・アダムス）が麻薬中毒で、貧困と中毒の連鎖を断ち切ろうとする祖母の役をグレン・クローズが演じて、彼女の演技は絶賛されています。作品の質は高く評価されませんでしたが、**ラストベルト**の閉ざされた貧困層の様子はよく出ていたと思われます。

　アルコール中毒は、『クレイジー・ハート』（ス

（DVD Happinet）

コット・クーパー監督・2009)『アリー　スター誕生』(ブラッドリー・クーパー監督・2018)などに描かれています。両者ともシンガーソングライターの話です。クリエイティブな仕事をする人は心が乱れるというのは確かにあるのでしょう。

　アメリカ映画ではこれらは全てやりきれない日常生活から抜け出したいがゆえの行為とみなされ、中毒者のためのセラピーなどを中心として描くことが多いです。

外見

　『映画の中の太った人』という研究書が最近になって出ました。映画の中の太った登場人物について考察する研究書です。

『デッドプール2』(デヴィッド・リーチ監督・2018)のなかで「太ったヒーローはいないでしょう？　デブ差別だ」という台詞が出てきます。アメリカは肥満大国で太っている人が多いのですが、ハリウッドのスターは皆シェイプアップしているので、ほとんど太った人が主役になることはありません。なったとしてもジョナ・ヒルみたいな三枚目キャラで、ロ

(DVD ワーナー・ブラザース・ホームエンターテイメント)

197

マンティックなものはほとんどありません。

　クリント・イーストウッド監督の『リチャード・ジュエル』（2019）という映画があります。これは実話に基づくもので、1996年のアトランタ五輪で爆発物を発見したにも関わらず、爆発物を仕掛けた容疑者にされてしまった警備員の話です。ジュエル役をコメディアンのポール・ウォルター・ハウザーが演じています。

　彼は肥満で、お母さんと二人暮らしです。私がこの映画を見ていて思ったのは、この主人公がもしイケメンでカッコ良くて、彼女もいるような男性だったらおそらく容疑はかけられなかっただろうということでした。太っていて、しかもいい歳をしてお母さんと二人で暮らしているマザコン男性だから、偏見の目で見られたことが伝わってきます。お母さん役も太った名女優として有名なキャシー・ベイツです。

　『ラースとその彼女』（クレイグ・ガレスピー監督・2007）は、人形を愛する引きこもり系の男性の話ですが、この役を演じるためにライアン・ゴズリングは

（DVD ポニーキャニオン）

太ってわざと醜男に変身しました。カッコいいままでやってくれたほうが良かったのにと思ったものでした。

　一方で、『ロング・ショット　僕と彼女のありえない恋』（ジョナサン・レヴィン監督・2019）は、シャーリーズ・セロンとセス・ローゲンが主役のロマンティックコメディです。セロンはセクシーで美しい女優ですし、ローゲンは肥満のコメディ男優。しかも、セロンは大統領候補の超エリート女性という設定になっていて、社会的地位も彼女の方がはるかに上です。彼の方が彼女を精神的に支える設定になっています。そして、この二人が恋に落ち、カップルになる。これはハリウッドとしては新しい展開です。これからこういう流れが増えてくると楽しいと思うのですが・・・。

　こんなふうに列記してみても、いろいろな抑圧となる属性を個々の人々は持っています。一人として同じ人は世の中に存在しないのです。

　したがって、抑圧を解決するためには、規範から入るのではなく、その人個々に寄り添って解決法を探さなくてはなりません。「あなたは男だから大丈夫」「女だから仕方がない」「他の人は平気じゃないの」「もっと大変な人もいる」これらの言葉は全て個人を規範に合わせさせることを前提にしています。しかし、文化が多様化してしまっている今の世の中では全ての人を全ての面で規範に合わせさせるのは無理なのです。

　感じ方・考え方は人それぞれです。例えば、有名人が自死すると「あんな恵まれた人が何故？」とマスコミは騒ぎ立てますが、世間的な意味で「恵まれている」人でも、他人にはわから

ない悩みはあります。

　過去に聞いたことがない悩みだから、あるいは自分には理解できない悩みだから他人の悩みを否定するのではなく、未来に向けて問題になっていく悩みなのだと捉え直しましょう。そうすれば、お互いに相手を思いやる、心地いい人間関係が生まれてくると思います。

民主党と共和党

　アメリカは二大政党制であることは知られています。**共和党**と**民主党**です。共和党は保守で共和党支持の州は**赤いアメリカ**、民主党支持の州はリベラルで**青いアメリカ**と言われます。大統領選の行方を決定するのは、**スイング・ステート**と呼ばれる、共和党と民主党の力が拮抗している州です。

　東海岸や西海岸は、民主党の支持が強い場所です。そのため、人種的マイノリティー、貧困層、LGBT が集まります。

　ハリウッドはというと圧倒的に民主党支持の巣窟です。

　とりわけ、民主党支持のシンボルと言えるのはマイケル・ムーアです。彼が『ボーリング・フォー・コロンバイン』でアカデミー賞長編ドキュメンタリー賞を受賞したときに、「恥を知れ！ブッシュ！」と壇上でスピーチしたのは挑発的でした。アカデミー賞授賞式は世界中にオンエアされますから、そこでああいう発言をしたのだから、彼の共和党への怒りは大変なものです。

　『ボーリング・フォー・コロンバイン』は、銃規制の問題について訴える映画です。『華氏 911』（2004）はブッシュ大統

領を徹底攻撃する映画で、彼の大統領再選を阻止する目的で作られたのですが、ブッシュは再選されてしまいました。さらに彼はトランプ大統領を批判するために『華氏119』（2018）も作っています。さらに、『シッコ』（2007）では医療問題を取り上げています。アメリカは医療保険が他の先進国に比べると進んでいません。それを追求していく映画です。民主党は「大きな政府」を志向しているため、支援が必要な人たちに対して、社会福祉、生活保護を考えるのは政府の義務と考えています。アメリカは何事も自己責任の国で、自分の身は自分で守るという考えが強いため、銃規制も進まないですし、保険も政府に干渉されたくないという考えが根強いのです。

　共和党はアメリカの中西部や南部の保守的な人たちが支持しています。一般に日本人などが観光で訪れるのは民主党支持の大都市で、西海岸・東海岸に集中しているため、素通りしてしまう場所 (flyover states) とも言われる地域です。

　ハリウッドの共和党支持者は少ないのですが、イーストウッド、シュワルツェネッガー、スタローン、メル・ギブソン、ブルース・ウィリスとマッチョスターがずらっと並びます。共和党支持者・民主党支持者を単純に二分化することはできませんが、この顔ぶれを見ると、民主党支持の男性は女性的であり、

（DVD ジェネオン エンタテインメント）

201

共和党支持の男性は男性的であると考えるのは強ち間違ってはいないでしょう。

　冷泉彰彦の『共和党のアメリカ　民主党のアメリカ』という本で興味深い考察がなされています。共和党的な映画は「孤軍奮闘とほろ苦い人生」、民主党的な映画は「和解と純愛」であるという指摘です。

　イーストウッドは90歳を過ぎて現役ですが、『運び屋』（クリント・イーストウッド監督・2018）でも意固地なお爺さん、いつだって不機嫌そうな顔で、孤独な一匹狼というイメージがあります。しかし、『人生の特等席』（ロバート・ロレンツ監督・2012）では娘（エイミー・アダムス）、『グラン・トリノ』（クリント・イーストウッド監督・2008）ではタオという男の子と心を通わせますし、本当は周りと融和したいのだろう

（DVD ワーナー・ブラザース・ホームエンターテイメント）

けど、不器用で、無愛想な生き方しかできない男の哀愁を感じさせる人です。彼のような人をレトロセクシャル（メトロセクシャルの逆）とも言うのだそうです。確かに「ほろ苦い人生」、共和党的ですよね。

　一方で、民主党の代表格の一人であるロバート・デ・ニーロは老いてなおブロマンスとマッチョという感があります。『ダーティ・グランパ』（ダン・メイザー監督・2016）は妻に

死なれたロバート・デ・ニーロ扮するグランパ（祖父）とザック・エフロン扮する若い弁護士の**ロード・ムービー**です。デ・ニーロとエフロンが、筋肉自慢のショーに出演し、二人とも上半身裸で筋肉を披露する場面では、グランパの腕の上でエフロンが倒立することで観客の歓声を浴びます。アメリカは**アンチエイジング**の考えが強いことがうかがえるところです。映画は

（DVD 松竹）

グランパが若い女性との間に子供ができるところでエンドになります。年の差があっても「純愛」があれば乗り越えられるという考えです。いかにも民主党ですよね。

環境・健康・貧困問題

　民主党の牙城ハリウッドという前提に沿って、アメリカの社会問題について考えてみると、まずは**環境問題**です。21 世紀に入ってからは本当に環境問題の議論が深刻になってきました。人間はもっと環境と共存する道を取らなくてはならないのです。環境問題を描く映画としてはどういう映画が挙げられるでしょう。

　何よりも有名なのはアル・ゴアのドキュメンタリー映画『不都合な真実』（デイビス・グッゲンハイム監督・2006）でしょ

う。ゴアは、この映画でノーベル賞とアカデミー賞両方を受賞しましたが、彼が 2000 年の大統領選で民主党候補として共和党のブッシュと大接戦を演じて、結局敗北することになったことはご存知でしょうか。

　その雪辱を果たすという思いもあったのでしょうが、いかにも民主党らしいテーマの映画です。極めてわかりやすく地球温暖化の問題を説いていきます。地球の温暖化が進むと南極の氷が溶けて水面が上がってしまう。そうなると土地が浸水していく。それをなんとか食い止めなくてはという熱い思いが伝わってきます。

　ディカプリオも『レヴェナント』でアカデミー賞を受賞した際に環境問題を訴えるスピーチをしました。彼は『地球が壊れる前に』（フィッシャー・スティーヴンス監督・2016）というドキュメンタリー映画も製作していて、環境問題に関しては以前から関心があった人です。

　ドキュメンタリーではない劇映画の場合は環境問題を描きづらいかのようにも思えますが、21 世紀になってディストピアものが増えていることは環境問題への警鐘と言えます。

　アメリカで、宮崎駿の評価が高いこともここでもう一度言及しておくべきでしょう。宮崎の世界は**アニミズム**（自然のすべてのものの中に霊魂が宿っているという考え）と言われますが、常にエコロジーな視点があります。そこが現代の世界とマッチしているのです。これからはそういう問題にも配慮するのが「男らしさ」です。エコマスキュリニティという言葉も生まれました。

　また環境問題と他の社会問題を絡めた映画も出てきました。

例えば、『エリジウム』（ニール・ブロムカンプ監督・2013）です。この映画では、近未来、富裕層は大気汚染や人口爆発により生活環境が悪化した地球から離れて、スペースコロニー、エリジウムで暮らしています。そこでは、水と緑にあふれた理想郷での暮らしができるのですが、貧しい人々はディストピアと化した地球で暮らすという

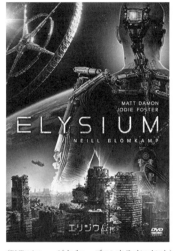

（DVD ソニー・ピクチャーズエンタテインメント）

設定になっています。環境問題＋貧困問題です。

　同じくニール・ブロムカンプ監督の近未来のものである『第9地区』（2009）も地球に難民としてやってきたエイリアンと人類との対立を描いています。南アフリカ共和国でかつて行われていた**アパルトヘイト**政策を風刺した話なのですが、これは環境問題＋難民問題を反映していると言っていいでしょう。

　またエコロジーの文脈では、健康の問題も必ず挙げられます。

　これに関しては、『スーパー・サイズ・ミー』（モーガン・スパーロック監督・2004）が必見です。アメリカは肥満大国であることが問題になりますが、それはファーストフードのせいだと言われます。監督のスパーロックは、自分の体を実験材料に使って、毎日三食マクドナルドを食べ続けます。すると体のバランスが壊れて大変なことになっていきます。スパーロック

はこの後、フライド・チキンを食べ続ける続編も作っています。

　マイケル・キートン主演の『ファウンダー』（ジョン・リー・ハンコック監督・2016）はマクドナルドを創設したレイ・クロックの伝記映画です。彼はアメリカンドリームを自で行く人生を歩んだ人なのですが、その行末が、肥満やエコロジーの破壊という事態を招いてしまったともいえます。男性が成功を追求した結果が、環境破壊や健康問題へも繋がっていったことが21世紀では反省されるようになってきたのです。

　『ザ・イースト』（ザル・バトマングリ監督・2013）という映画があります。これは過激なエコロジー団体に侵入する女性の話なのですが、残飯から漁った食糧を食べる場面が出てきてショッキングです。アメリカ人は徹底主義なのです。

　また『ミニマリズム』（マット・ダヴェッラ監督・2016）『地球にやさしい生活』（ジャスティン・シャイン、ローラ・ガバート監督・2009）というドキュメンタリー映画も出ています。ここでの**ミニマリズム**は、できる限り要らないものは持たない生き方のことを指します。断捨離、反物質主義的生き方の勧めです。

　2020年ハリウッドは、アカデミー賞作品賞を韓国映画の『パラサイト』（ポン・ジュノ監督・2019）に与えました。外国語映画が作品賞を得るのは初めてです。またこの前年は是枝裕和監督の『万引き家族』が外国語映画賞候補になっていました。この頃、こういう貧困のどん底にいるような人を主人公にする映画が注目されているように思われます。

　Netflixの『最後の追跡』（デヴィッド・マッケンジー監督・2016）は一見西部劇に見えますが、お金に困った兄弟が土地

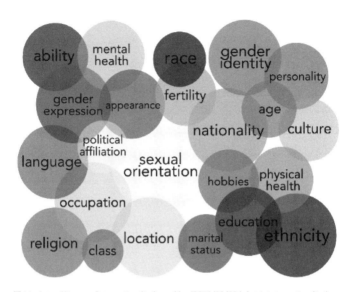

図11　https://imagesofintersectionality.home.blog/2019/08/28/what-is-intersectionality/

　を守るために起こす強盗の話で、「借金でお困りですか」「明日キャッシングサービス」というビルボードが道路沿いには建てられています。伝統的な西部劇のヒーローではなく、貧困層の男性たちの切羽詰まった行動の話。西部劇をリーマンショック後の経済問題で味付けした映画と言ってもいいかもしれません。

　エミリオ・エステベス監督・主演の『パブリック　図書館の奇跡』（2018）は、公立の図書館にしか居場所のないホームレスの人たちを同情的に描いています。

　トマス・ピケティの『21世紀の資本』は経済書としては異例のベストセラーになり、ドキュメンタリー映画（ジャスティン・ペンバートン監督・2020）にもなりましたが、コロナ後

の社会はますます経済格差が激しくなる恐れもあります。これからは「新しい資本主義」も考えなくてはならなくなるはずです。

　さて、最後にインターセクショナリズムの図（図11）をあげておきましょう。人間のアイデンティティはこれだけあるのです。ここであげられている以外にもたくさんあるでしょう、様々な因子の絡み合いの上に人間は形成されていく、それを映画のなかに読み取ってみてください。

Age 年齢

Ability 能力

Appearance 外見

Class 階級

Culture 文化

Education 教育

Ethnicity エスニシティ

Fertility 繁殖力・受胎能力

Gender expression ジェンダーの表現

Hobbies 趣味

Language 言語

Location 場所

Marital status 結婚歴

Mental health 精神的健康

Nationality 国籍

Occupation 職業

Personality 性格

Physical health 肉体的健康

Political affiliation 政党

Race 人種

Religion 宗教

Sexual orientation 性的指向

コラム⑤　アメリカン・ニューシネマとベトナム反戦

　アメリカ映画は 1968 年前後から 1976 年くらいまで別の国の映画であるかのように内容が変わってしまいます。それまでのハリウッドは「夢の工場」だったのですが、この時期は虚無的で厭世的な内容の映画が群れをなして現れます。

　主なものとしては、『卒業』（マイク・ニコルズ監督・1967）『俺たちに明日はない』（アーサー・ペン監督・1967）『明日に向かって撃て』『真夜中のカーボーイ』『カッコーの巣の上で』『イージーライダー』（デニス・ホッパー監督・1969）『タクシー・ドライバー』（マーティン・スコセッシ監督・1976) などです。

　この時期はベトナム戦争の時期で、反戦運動が高まっていました。ベトナム戦争は徴兵制で、職業軍人ではない若い男性が戦地に行かされることになったので、男性たちにとっては悲壮な時代だったでしょう。それもあってか、この時代の映画は、孤独な男二人が旅をする話が多く、女性の出番がほとんどありませんでした。ラストも主人公の死で終わるものが多かったように思います。

　その暗いムードを一掃したのが 1976 年の『ロッキー』です。これは単純明快なアメリカンドリームの物語で、このあたりから徐々にハリウッドは本来の明るさを取り戻していきます。

　一方で、70 年代後半からはベトナム反戦映画の流れが続きました。

　まずは『幸福の旅路』（ジェレミー・ケイガン監督・1977）。これは小さな映画ですが、ベトナムのトラウマに苦し

む帰還兵（ヘンリー・ウインクラー）と彼を支えようとする女性（サリー・フィールド）が旅していく話です。まだ有名になる前のハリソン・フォードも端役で出ています。ウインクラーは草食系タイプの男性で、PTSDに苦しむ様子が痛々しく、それを支えるサリー・フィールドが素晴らしいです。ベトナム戦争は戦場で死んだ人よりも、戦

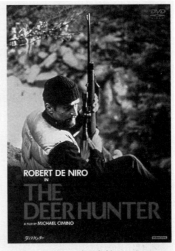

（DVD KADOKAWA／角川書店）

場のPTSDで自殺した人の方が遥かに多いと言われていますが、人間のトラウマはなかなか治癒できるものではないのです。

　翌年1978年。この年のアカデミー賞では『ディア・ハンター』（マイケル・チミノ監督）が作品賞と監督賞（マイケル・チミノ）、『帰郷』（ハル・アシュビー監督）が主演男優賞（ジョン・ヴォイト）と主演女優賞（ジェーン・フォンダ）を得ました。前者はベトナムに徴兵された男たち3人の友情のドラマですが、目をそらしたくなるくらいに残忍なロシアンルーレットの場面が出てきます。後者は、夫が戦争に行っている間に、残された妻が負傷兵と関係を持ってしまいます。お互いのやりきれない心が二人を惹きつけるのです。それを知り、傷ついた夫は自殺します。詩情あふれる映画で、映像や音楽も美しく、戦地を描くことなく反戦を訴えた映画でした。

　そして、1979年『地獄の黙示録』（フランシス・フォード・コッポラ監督）、1986年『プラトーン』（オリバー・ストーン監督）と続きます。両者ともベトナムの地獄絵を見る想いにさせられる映画です。戦争は人間性を狂わせてしまうのです。

　また、トム・クルーズ主演の『7月4日に生まれて』（オリバー・ストーン監督・1989）も忘れてはならないでしょう。愛国少年で自ら志願して戦地に行った主人公はそこで負傷し、半身不随になってしまいます。しかもアメリカに帰ってきてみると反戦一色の世の中に変わっています。「俺は一体何のために戦ったんだ？」と苦悩する主人公。トム・クルーズが大熱演で、トラウマにもがく帰還兵を演じています。

　その後、アメリカは**湾岸戦争**、**イラク戦争**と戦争をしていますが、徴兵制はなくなり、職業軍人の女性も戦地に行く時代となり、『戦火の勇気』（エドワード・ズウィック監督・1996）では戦死する女性兵士役をメグ・ライアンが演じています。

　21世紀になっても、戦争は様々な形で描かれ続けています。2006年、クリント・イーストウッド監督は『父親たちの星条旗』『硫黄島からの手紙』という二作を同時に発表しました。前者はアメリカ側の視点から、後者は日本側の視点から第二次大戦を描いています。『ハクソー・リッジ』（メル・ギブソン監督・2016）は、セブンスデー・アドベンチスト教会の信徒で、**良心的兵役拒否者**として初めて名誉勲章を得たデズモンド・T・ドスを描いた実話です。『アメリカン・スナイパー』（クリント・イーストウッド監督・2014）はイラク戦争に従軍したクリス・カイルの自伝の映画化。『ダンケルク』（クリストファー・ノーラン監督・2017）『１９１７』（サム・メンデス

監督・2019）は戦場を描く映像が圧巻です。

　戦争は人の心から生まれると言われます。心に葛藤を抱えるとそれが他者との争いにつながっていくのです。これからの時代は平和共存に向けて、平静な心について考える時かもしれません。

9章　異文化共生の時代へ

　『殻をやぶる』（スティーブン・クレイ・ハンター監督・2020）という短編アニメ映画がディズニーから出ました。10分くらいの短編なのですが、話題なのはゲイが主人公になっていることです。彼が両親にカミングアウトすることを迷う話がほのぼのと描かれています。心温まる映画です。ディズニーはこれまで実写版の『美女と野獣』（ビル・コンドン監督・2017）や『2分の一の魔法』（ダン・スカンロン監督・2020）にもゲイキャラを出しているのですが、主役は今回が初めてで話題になりました。

　実はディズニーは20世紀からLGBTをほのめかすキャラクターはたくさん出しています。『ディズニー映画の中の多様性』という本では、『ライオン・キング』（ロブ・ミンコフ、ロジャー・アレーズ監督・1994）のプンバとティモンもゲイを意識して作られたキャラであり、『ライオン・キング』のスカー、『リトル・マーメイド』（ロン・クレメンツ、ジョン・マスカー監督・1989）のアースラ、『ポカホンタス』（エリック・ゴールドバーグ、マイク・ガブリエル監督・1995）のラドクリフなどはトランスジェンダーを意識していることが考察されています。ディズニーは子供の教育を司るメディアで、スカーやアースラやラドクリフのようなヴィランにトランスジェンダー的な特質を付与するのは、トランスジェンダー＝悪人という偏見を子供たちにうえつけることも問題にしています。

　しかし、21世紀になって、その描き方は変わってきました。

『アナと雪の女王』（ジェニファー・リー、クリス・バック監督・2013）はディズニー映画として久々の大ヒットになりましたが、エルサはレズビアンであると言われています。そしてエルサに女性の恋人をという運動 #GiveElsaAGirlfriend がアメリカでは SNS を中心に起きています。（https://www.cnn.co.jp/showbiz/35082147.html）

　エルサ がレズビアンであるという説はファンの間では有名で、そのエビデンスとしては、彼女が魔法を使える能力を隠していることが同性愛を隠していることのメタファーであり、大ヒットなった "Let it go" は、「ありのままの自分を！（LGBTの人たち、カミングアウトしましょう）」と言っているようにとれるからです。

　『アナと雪の女王２』（ジェニファー・リー、クリス・バック・2019）では、彼女がレズビアンであることをカミングアウトすることを期待していたファンが多かったようですが、結局、明らかにされなかったため、この後の続編を期待しているファンが多いようです。

　『トイ・ストーリー４』（ジョシュ・クーリー監督・2019）でも見逃しそうな小さな場面でレズビアンのカップルが出てきます。人種に関しても、『リメンバー・ミー』（エイドリアン・モリーナ、リー・アンクリッチ監督・2017）はメキシコ系の話ですし、『モアナと伝説の海』（ロン・クレメンツ、ジョン・マスカー監督・2016）の舞台はおそらくマウイ島だと言われています。ディズニーも多様性を広げる努力をしているのです。

　何よりも、『ズートピア』（バイロン・ハワード、リッチ・ムーア、ジャリッド・ブッシュ監督・2016）は、人間の世界

を動物の世界に置き換えて様々な個性や価値観の人間が世の中には存在することを描いています。

　まず冒頭のところから動物たちは肉食と草食に二つに別れて対立していたのが、それを乗り越えたのだという台詞が出てきます。主人公は警官志願のアナウサギの女性とアカギツネの男性ですが、警察署の署長がアフリカ水牛、市長がライオン、その他チーター、クロサイ、ホッキョクグマ、羊、ナマケモノ、カワウソ、ネズミ、ガゼル、ジャガー、アフリカゾウ、タヌキ、アルマジロと選り取り見取りの動物たちが共存しています。これはそのまま多様な人が存在する人間社会に当てはまります。そして、「互いを理解しようとすればみんなが輝けます」「世の中を変えるために、心を見つめましょう」という台詞で映画は終わっていくのです。これはまさに理想の世界です。

　この理論をジェンダーやセクシュアリティのみに当て嵌めることもできます。ジェンダーやセクシュアリティも一つの文化であり、異文化共生の文脈と重ね合わせることができるからです。伊藤は『男らしさのゆくえ』で、「男の性もひとつではない」と述べていますが、女性の性も一つではありません。人間を男と女という2種類で分けようとするから生きづらくなります。男性にも女性にもこれだけたくさんの種類があることを皆が理解すれば、自分らしい生き方ができるようになるのです。

LGBTキャラを期待するファンダム

　マーベルも今はディズニーの傘下ですが、マーベル映画の場合も同様です。

『マーベル75年の軌跡 コミックからカルチャーへ！』(ザック・ナットソン監督・2014) というショート・ドキュメンタリーがあるのですが、ここでもマーヴェルがジェンダーやマイノリティなどの問題について描くのが上手いことが語られます。

マイノリティのメタファーとして有名なのは『X-メン』(ブライアン・シンガー監督・2000) です。『X-メン』の特異な能力を持つミュータントたちもLGBTや他のマイノリティグループとオーバーラップさせて解釈されてきました。LGBTの人といえば芸能や芸術の世界では天才的な才能を持っているとされますが、ミュータント同様、その人並み外れた能力のために世間からは浮いてしまうのです。

ライアン・レイノルズが 無責任ヒーローを演じる映画『デッドプール』（ティム・ミラー監督・2016）では、デッドプールは**パンセクシャル（全性愛者）**であることが、2013年にライターのゲリー・デュカンの発言によって明らかにされました。パンセクシャルというと、バイセクシャルとどう違うのかと思ってしまいますが、好きになる人の条件に性別が加わらないところがパンセクシャルの特徴です。バイセクシャルの場合は両性が好きとは言っても同性と異性を分けて考えているのですが、パンセクシャルは性別という概念はなく人を好きになるのです。

そう言われてみれば、『デッドプール2』では、主人公にはヴァネッサという恋人がいながら、随所に同性愛を匂わせるようなところも出てきます。彼とコロッサスとの関係がそうで、彼らが抱擁したり相手のお尻を触ったりする場面が出てきます。それにこの映画には、レズビアンのカップルが重要な役で

217

登場します。したがって、主人公のみならず、脇役にも LGBT が登場するので映画そのものがパンセクシャルということもあるのでしょう。

　『マイティ・ソー バトルロイヤル』（タイカ・ワイティティ監督・2017）で監督自身が演じたコーグもゲイだということがほのめかされています。『アベンジャーズ・エンドゲーム』（ジョー・ルッソ、アンソニー・ルッソ監督・2019）では、男性が合同セラピーで、他の男性とデートした体験を語る場面があり、マーベル映画において初めてのゲイのキャラクターだと話題になりました。マーベルは LGBT の人々のことを考えてゲイのキャラクターを登場させることを前々から計画していて、これがその最初とのことですが、残念ながら、小さな役なので憶えていない人が多いでしょう。

　マーベル映画はあれこれ遊びの精神で、小さな場面で色々なキャラを出していることはサイトや SNS でも取り上げられています。熱心なファンの人たちは、そういう小さなことまで発見していくことに楽しみを見出しています。

　私は不勉強でコミックは読んでいないのですが、マーベルはコミックでは LGBT をもっとはっきりと出しているとのことで、映画の場合はその部分をぼやかしてきています。しかし、主役で LGBT のヒーローを出すのは時間の問題のように思われます。先ほどのエルサと同じで、キャプテンアメリカに彼氏を！ #GiveCaptainAmericaABoyfriend という SNS の運動も起きているので、現実にそういう展開になったら面白いでしょうね。

　ディズニー、マーベル、スター・ウォーズは、シリーズです

し、固定ファンがいるので、次はどういう流れになるのかと楽しみにしている人は多いはずです。あのキャラはひょっとするとゲイかもと想像しながら、次の作品を待つ人も多いと思われます。

クィア・リーディングで読む『フォースの覚醒』

　映画には様々な解釈の仕方があり、映画の作り手が意図したことでなくても、観客の方が新たな解釈を見つけ出して構わないのです。それが映画研究の醍醐味です。

　ここでは、マーベル同様、ディズニーの傘下となった『スター・ウォーズ』をクィア・リーディングのやり方で考えてみましょう。ここで私が言うクィア・リーディングとは、異性愛の前提に囚われない形で、映画を解釈する試みです。

　『スター・ウォーズ　フォースの覚醒』（J・J・エイブラムス監督・2015）の公開時、『スター・ウォーズ』シリーズの中心人物の一人ルーク・スカイウォーカー（マーク・ハミル）もゲイだったのではないかということがネットなどを騒がせました。アメリカでは同性愛に悩む男子がマーク・ハミルのところに相談文を送っているというのです。

　ルークは純粋無垢で、男性的な支配性や攻撃性を感じさせず、過去の映画のヒーロー（バッドウルフたち）とは一線を画しています。また彼が愛する唯一の女性はレイア姫（キャリー・フィッシャー）であり、彼女は彼の双子の妹という設定になっていて、恋人らしき女性が現れない、そこがゲイにも見えてくるのでしょう。ゲイの男子にとってはロールモデルとし

たいアイコンということなのでしょうか。

　『スター・ウォーズ』（ジョージ・ルーカス監督・1977）が公開になったのは 1977 年、ヘイズコードが解禁になり、LGBT 映画が現れ始めた頃で、時代的に考えても、彼をゲイだと考えるのは信憑性があるかもしれません。

　「ルークはゲイなのか」というインタビューに答えて、マーク・ハミルは、「そう解釈してくれても構わない」「誰を好きになるかではなく彼の性格に注目してほしい」と述べています。このハミルの発言は極めて示唆的です。セクシュアリティは二次的な要素であるという認識にいたるのが、これからの性解放に向けて望まれることだからです。

共和国＝多様性の世界

　『フォースの覚醒』は、『スター・ウォーズ　エピソード 6 /ジェダイの帰還』（リチャード・マーガンド監督・1983）で描かれたエンドアの戦いから 30 年後、再び銀河に脅威をふるい始めた帝国軍の残党であるファースト・オーダーとレイアが率いる共和国が組織したレジスタンスの戦いを描くものですが、縦軸となるストーリーは、主人公の廃品回収業者レイ (デイジー・リドリー) が、ルークのライトセーバーを手に入れ、ルークと対峙するまでの道のりをたどっていくものです。

　『スター・ウォーズ』シリーズの生みの親であるジョージ・ルーカスは、ジョセフ・キャンベルの『千の顔をもつ英雄』を愛読していたとされますが、キャンベルの本は『スター・ウォーズ』シリーズのみならず、多くのハリウッド映画の原型

と言えるものです。少年が様々な試練を経ながら成長し、「真の男」になっていくプロセスはこれまで幾度となく映画の世界で描かれてきました（というよりも、そういう話が圧倒的です）が、『フォースの覚醒』はそれを女性に置き換えて描いています。

　『フォースの覚醒』では、おそらくレイはルークの娘であろうことが仄めかされるのですが、先の章でも述べた通り、アメリカ映画では男の子がお父さんを探し求める話が非常に多いのです。しかし、この映画は女性（レイ）が父親（ルーク）を探し求める話です。レイという名前は光線を意味し、ライトセーバーは男根の象徴（尖ったものはペニスの記号）です。伝統的なジェンダーを反転させて、女性に男性の常套的なストーリーを演じさせているのです。

　レイは、この映画のなかでひたすら走り回ります。一方で、彼女と共に行動するフィン（ジョン・ボイエガ）は大人しいタイプの受動的な黒人青年として描かれています。レイは、ファースト・オーダーから逃げ出してきたフィンと出会う場面でも、フィンを泥棒と誤解して強引に殴り倒し、その後、彼らを捕えようとするファースト・オーダーから逃げる場面では、彼女の手を引っ張ろうとするフィンの手を振りほどいて、「何をするの！　自分で走れるわ」と言い放ち、「ついて来て！」と彼女の方が彼よりも前の方を走っていきます。ハン・ソロ（ハリソン・フォード）の戦艦の中でも、タコのようなラスターという生き物に捕まるのはフィンの方であり、レイの方が彼を助けようとします。そのあと緑の惑星タコダナに着いてからも逃げようとするフィンと突き進もうとするレイが対置され

221

ます。伝統的なジェンダーでは男性が女性をリードし、守るの
ですが、この映画ではそこも反転させています。

　この後、映画では、レイとフィンにポー・ダメロン（オス
カー・アイザック）が絡むことになりますが、彼はヒスパニッ
ク系です。ダメロンもフィンに比べればやや男性的ではあるも
のの、肉食系というほどではありません。ハン・ソロも若かり
し頃はお金で物事を割り切ろうとする様子が強調されていまし
たが、『フォースの覚醒』ではすっかり老いて、かつてのよう
な反骨精神は見られません。チューバッカなど他のキャラク
ターも柔和なキャラであり、共和国側の男性たちは皆、**両性具
有**的な、ソフトな男性という様相になります。男性の持つ支配
性や暴力性が感じられない男性たちなのです。

　『スター・ウォーズ』シリーズで、登場人物たちの武器とな
るのはフォースですが、これも両性具有の象徴と言えるかもし
れません。フォースは霊的な力で操るものであり取り立てて男
性的な能力（腕力や筋力）が必要なものではないからです。

　『男性の終焉と女性の興隆』という本がアメリカではベスト
セラーになりましたが、これからの時代はさらに女性が主導す
るケースが多くなると思われます。しかし、「女性中心主義・
女尊男卑」にしてしまったら男性を抑圧することになるので、
これからは男女共生が謳われるようになるでしょう。『ス
ター・ウォーズ』はそういう時代の到来を早くから予言してい
たと言えるのです。

　この映画で描かれる共和国はジェンダーやセクシュアリティ
の規範をほとんど感じない世界です。服装も、男女とも身体の
ラインが強調されたようなセクシーなものではありません。ま

た台詞でも、「女性・男性」「同性愛・異性愛」の枠組が強調されません。むしろ、それを超越したキャラがたくさん出てきます。なかには、ほんの一瞬しか出てこないキャラもいますが、あえてそのアイデンティティも説明しようとしていません。人間と彼らとの境界線も敷かれていないのです。

　共和国は、多様なものたちが共生している世界です。この映画の多様なキャラクターたちは『ズートピア』にも見られるような、多様な人間のメタファーです。ハン・ソロはチューバッカと暮らしていますし、レイアはC-3POと暮らしています。チューバッカは先述の『オズの魔法使い』のライオンに似ているし、C-3POはブリキに似ています。『オズの魔法使い』をLGBTの寓話の古典とするならば、『フォースの覚醒』はそれを発展させたものとも言えるのです。

　ルークはジェダイ唯一の生き残りです。ジェダイとは銀河系の自由と正義の守護者ですが、LGBTの自由を守る守護者と見ることもできます。この映画の共和国の地は水のない砂漠です。作物が育たない不毛の地は、多様性への抑圧に満ちた時代のメタファーと解釈することができるのです。

ファースト・オーダー＝均質性の世界

　そう考えてくると、彼らが対峙することになるファースト・オーダーは、彼らに反対する世界、すなわち、反多様性、反LGBTの世界という仮説を立てることが可能になります。

　レジスタンスのキャラクターたちが多様だったのとは対照的にファースト・オーダーの特徴はその均質性です。ファース

ト・オーダーの歩兵であるストームトルーパーは皆全く同じ鎧兜姿であり、顔も体も見えないし、見分けがつきません。これは彼らが自分の個性を発揮できない状況に追い込まれている、全体主義的な厳しい規範に従っていることを意味しています。

　彼らが持つ銃がペニスの記号であることは言うまでもありませんが、鎧兜のような堅いものもペニスの常套的なメタファーであり、光って、固く尖ったような彼らの格好は勃起したペニスの象徴です。そしてストームトルーパーの一群が、一団となって動き回っていく様子は、精子が卵子へと向かっていく様子のメタファーと読むことができるのです。

　フォースト・オーダーの鎧兜が白と黒という無彩色であることは、これがLGBTのレインボーと対立するものであるということを示唆します。色彩の多様性がないことはジェンダーやセクシュアリティの多様性も認めていないことを示しているのです。ファースト・オーダーでは、顔を隠していない幹部たちも同じような肩と胸のラインをカチッと固めたストイックな軍服姿であり、鎧兜とまではいかなくてもそれに準じる姿と言ってよく、ナチスのような男根的な軍事国家を思わせます。

　男性ジェンダーの議論のコンテクストでは、「**脱鎧論**」という言葉がしばしば使われます。男性たちは男性の規範に合わせるために「鎧」を着込んでいます。これまで述べてきた通り、権力に支配され、男としての面子を保つことを強いられ、自分の本音を語ることのできない男たちは、人間的な感情を見失ってしまっているのです。この「鎧」を脱ぎもっと感情を取り戻すべきであるということは、男性ジェンダーの議論ではしきりに言われてきたことでした。ファースト・オーダーの服装は伝

統的な性の規範の厳しい社会と重なり合うのです。

　ファースト・オーダーを代表する人物として登場するカイ
ロ・レン（アダム・ドラーバー）は、実はハン・ソロとレイア
の息子であるのですが、彼がこの映画の鍵となる人物です。映
画の冒頭、黒い兜と服で「ルークの地図を渡せ」とやってきた
彼に老人ロア・サン・テッカ（マックス・フォン・シドー）は
「血筋がそうはさせないんだ。お前は暗黒面から生まれたわけ
ではない」と応えます。彼はハン・ソロとレイアの血を引いて
いるので、ファースト・オーダーに同化しようとしても上手く
いくことはないことをテッカは見抜いているのです。

　そして、レンはファースト・オーダーにマインドコントロー
ルされていることが仄めかされます。映画の後半、ハン・ソロ
とレンが高いところに設置された足場を歩み寄って再会し、ハ
ン・ソロと兜を脱いだレンがお互いを見つめ合いながら話をす
る場面は、この映画の山場です。一歩足を踏み違えたら、どち
らも転落死することになる場所を彼らがあえて歩み寄ろうとす
るのは、彼らのお互いへの思いがそれだけ強いことを示唆して
います。「スノークの目当てはお前の力だ。用が済めば捨てら
れる」「もう遅い」「戻ってこい。母さんも待っている」「ずっ
と苦しかった。この苦痛から逃れたい。でもそうする勇気がな
いんだ。助けてくれる？」「ああ、何でもしよう」とアメリカ
映画らしい父親と息子のやりとりが続き、ここでレンは兜を足
元に落とします。これで二人は和解かと観客は思うのですが、
突然、レンはセイバーでハン・ソロを刺し、ハン・ソロは橋か
ら転落していきます。

　ここでのレンの表情から汲みとれるのは父親への愛憎のアン

225

ヴィバランスです。レンはためらいもなく父を殺すのではなく、父親への愛情に揺れ動かされながらも、逡巡した末に刺してしまいます。

　私は、この映画を見た時点で、レンがゲイではないかという仮説を立てていました。長めの髪、整った女性的な顔、フォースの力に怯える繊細な表情、ハン・ソロを見つめる憂いに満ちた目。レンを演じるアダム・ドライバーは、最近になって大きく株をあげていますが、『パターソン』（ジム・ジャームッシュ監督・2016）の詩が好きな男性の役や『マリッジ・ストーリー』（ノア・バームバック監督・2019）の舞台演出家役など、芸術家肌の役が多い人です。

　さらにファースト・オーダーにはハックス将軍（ドーナル・グリーソン）がいますが、彼も悪役ではあるものの端正な顔の男性であり、最高指導者スノークの前で二人が並ぶ場面は、見方によってはゲイ男性のツーショットにも見えるのです。そう考えれば、レンが兜をとる場面はゲイのカミングアウトと解釈はできないでしょうか。ファースト・オーダーはアメリカのホモフォビアのメタファーとして解釈することができます。先述の通り、表面上は同性愛を嫌悪している男性に限って、その仮面の下には同性愛的欲望をたぎらせています。そう考えるとレイもファースト・オーダーも表面は兜をかぶっているけれど、同性愛的欲望を仮面の下に隠しているという仮説は当然成り立つのです。

　スノークが終盤、「やつの修行を終わらせる時が来た」と呟きます。スノークは、ハン・ソロとレイアの血を引くレンに修行を積ませて、フォースを操らせようとしていたのです。

フォースは良くも悪くもマインドコントロールの力です。性の制度もマインドコントロールです。異性愛規範を違和感なく受け入れている人は、ジェンダーやセクシュアリティをコントロールされていることに気づいていませんが、現実にはメディアや法律や教育など、様々な装置が、ジェンダーやセクシュアリティの規範を強制するように仕向けています。共和国とファースト・オーダーは、性的に多様な世界と均質化を強いようとする世界とのコントラストですが、それはファースト・オーダーに多様性への欲望がないというのではありません。その欲望を自由に表出できるのが共和国であり、均質化のルールに厳しくコントロールされているため表に出せないのがファースト・オーダーなのです。

　先述のとおり同性愛を支持する民主党はしばしば青いアメリカと言われ、反対派の多い共和党は赤いアメリカと言われます。共和国のライトセーバーが青であり、ファースト・オーダーのライトセーバーが赤であることはそのメタファーと言っていいのではないでしょうか。

　『フォースの覚醒』の後、シリーズは『最後のジェダイ』（ライアン・ジョンソン監督・2017）『スカイウォーカーの夜明け』（J・J・エイブラムス監督・2019）と続いたわけですが、ここで、レイがルークの娘ではないということが明らかになります。これはファンの中には期待外れだった人もいるでしょう。しかし、彼女が娘ではないということはルークがゲイで女性と付き合わないからだという解釈が強められることにもなります。

　またフィンとポーが同性カップルになっていくと期待してい

た人も多かったですが、これもあやふやなまま終わって行きます。レンとレイは兄妹であると考えた人、あるいは二人が恋人同士になることを想像していたファンもいたようですが、その後、二人は兄妹ではなく、レイを蘇らせるためにレンがキスする場面はあるものの、恋人というところまでは行かずに終わってしまいます。どの登場人物も誰かと恋愛関係にはならないので、彼らのセクシュアリティに関しては不明のままです。

　ラストに近い場面で、一瞬、女性二人が口づけする場面が見えます。ほんの小さな場面なのですが、これがファンの間では話題です。名無しの登場人物がお祝いの席でキスしているだけのことなので同性愛と言うほどのことでもないのですが、このキスの場面は、シンガポールなど同性愛に厳しい国ではカットされたとのことです。

多様化へと向かうハリウッド

　2016年、**アカデミー賞ホワイトネス問題**がメディアで騒がれました。演技4部門（主演男優・主演女優・助演男優・助演女優）の候補者20人が全て白人という年が2年連続で続いたからです。

　この批判を受けて、アカデミー賞でもポリティカル・コレクトネスが求められるようになり、2024年度から、アカデミー賞は白人異性愛男性中心主義を改めるために、作品賞資格に「多様性」＝白人偏重是正を盛り込むことになります。これでマイノリティを登場人物から締め出す映画は作品賞の対象から外されます。これに呼応して、ディズニー、アメコミ、ス

ター・ウォーズの映画群も LGBT を全面的に主役にする映画を発表することになることは間違いありません。

　『スター・ウォーズ』は、『スカイウォーカーの夜明け』でレイが主役の三部作は終了ですが、2022 年末から、新しい『スター・ウォーズ』シリーズが 2026 年まで隔年で公開予定です。そこではおそらく LGBT の登場人物が重要な役で出てくることでしょう。ファンたちも、次は LGBT を出すのかとあれこれツィッターなどで議論しています。

　『スカイウォーカーの夜明け』で、「レイ、本当の自分を恐れないで」とレイアが語る場面があります。LGBT がクローゼットに隠れるのではなく、本当の自分をカミングアウトする時代になることを示唆する台詞です。アメリカ社会の流れは、均質化ではなく多様化を認める方向へと向かっていることは明らかなのです。

　また、『スター・ウォーズ』の研究者たちは一様に、今後のシリーズでは、二者のどちらかが悪いというストーリーにはならないであろうことを予言しています。『最後のジェダイ』では、「敵を憎むより愛する人を救う」と言い残してアジア系の女性ローズ・ティコ（ケリー・マリー・トラン）が死にます。**冷戦**下に世界が二極化した時代の善と悪の戦いを描く時代は終わり、誰かを敵にして自分たちのアイデンティティを強固にするのではなく、相手の立場と自分の問題を考えながらバランスを探るのが今後のアメリカ映画の展開となると思われます。

コラム⑥　アカデミー賞と日本人

　本書の中でアカデミー賞の記述がたくさん出てきますが、皆さんはアカデミー賞のことをご存知でしょうか。

　アカデミー賞は、前年にロサンゼルスの劇場で営利目的で公開になった映画を対象にしています。授賞式は２月末ごろ（2021 年はコロナの影響で４月末に延期）に行われます。

　アカデミー賞の場合は映画人（俳優、監督、プロデューサー、脚本家など）が選ぶ賞であることが特色です。批評家ではなく、映画の仕事をしている人たちなので、そうそうくまなく映画を見ている人たちではありません。したがって、ある程度はヒットした映画で、大衆的に受け入れられた映画が受賞します。

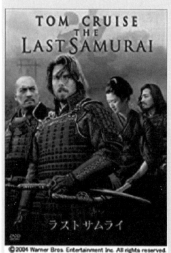

（DVD ワーナーホームビデオ）

　国際長編映画賞（元の名称は外国語映画賞）というカテゴリーもありますが、それ以外の部門は英語圏の映画がほとんどとなります。字幕産業が成り立つのは日本だけだとしばしば言われますが、アメリカ人は基本的に字幕を読まないので外国語映画は見ないのです。

　日本人はこれまでどの程度アカデミー賞を受けてき

たでしょうか。

　まず、ナンシー梅木の助演女優賞があります。ナンシーは、もともとはジャズ歌手で、その後渡米し、マーロン・ブランド主演の『サヨナラ』（ジョシュア・ローガン監督・1957）で受賞します。かつては日本でも知られていた人ですが、今では彼女の名前を知る人は80代以上の人でしょう。

　その後、日本人の受賞はほとんどなかったのですが、黒澤明監督の『乱』(1985) でワダエミが衣装デザイン賞を獲得します。その2年後、『ラストエンペラー』（ベルナルド・ベルトルッチ監督・1987）では坂本龍一が作曲賞。

　黒澤明監督はスピルバーグやスコセッシなどアメリカの大監督たちに大きな影響を与えた人ですが、彼はこの後名誉賞 (1989) を獲得することになります。

　90年代に入ると、石岡瑛子が『ドラキュラ』（フランシス・フォード・コッポラ監督・1992）で衣装デザイン賞獲得。

　21世紀に入ると、流石にジブリが強く、2003年『千と千尋の神隠し』が長編アニメ賞。2014年には宮崎駿が名誉賞も獲得しています。

　日本人の俳優も受賞には至らなかったものの、2003年『ラストサムライ』（エドワード・ズイック監督）で渡辺謙が助演男優賞ノミネート。2006年『バベル』（アレハンドロ・ゴンサレス・イニャリトゥ監督）で菊池凛子が助演女優賞ノミネート。

　2008年『おくりびと』（滝田洋二郎監督）は日本映画としては初めて外国語映画賞を獲得しました。また、『たそがれ清兵衛』（山田洋次監督・2002）『万引き家族』（是枝裕和監督・

2018）も外国語映画賞のノミネートを受けました。

　何よりも日本が評価されているのはアニメーションです。ジブリの『ハウルの動く城』（2004）『風立ちぬ』（2013）、高畑勲監督の『かぐや姫の物語』（2013）、米林宏昌監督の『思い出のマーニー』（2014）、細田守監督の『未来のミライ』（2018）と21世紀に入ってから、これだけたくさんのアニメが長編アニメ賞にノミネートされています。

　他にも短編映画賞などでの日本人の受賞やノミネートはたくさんあります。21世紀になって日本の映画人、アジア映画の受容度が上がってきたことは確かでしょう。

主要引用文献・参考文献

あさみまな　『いつか愛せる』朱鳥社、2010。

伊藤公雄『男らしさのゆくえ』新曜社、1993。

伊藤公雄『男性学入門』作品社、1997。

伊藤公雄　「スポーツとジェンダー」『スポーツ文化を学ぶ人のために』世界思想者 1999。

伊藤公雄『戦後という意味空間』インパクト出版、2017。

伊藤公雄「剝奪（感）の男性化 Masculinization of deprivation をめぐって─産業構造と労働形態の変容の只中で」『日本労働研究雑誌 699』労働政策研究・研修機構、2018。

遠藤徹『ポスト・ヒューマン・ボディーズ』青弓社、1998。

岡崎勝　土井竣介　山本鉄幹『体育教師をブッとばせ』　風媒社、1986。

小野美由紀「なぜ日本の男は苦しいのか？　女性装の東大教授が明かす、この国の『病理の正体』」

http://gendai.ismedia.jp/articles/-/47501?page=4（2017 年 9 月 23 日）。

加藤幹郎『映画ジャンル論』平凡社、1996。

加藤幹郎『表象と批評』岩波書店、2010。

亀井俊介『アメリカン・ヒーローの系譜』研究社、1994。

河合隼雄　『母性社会日本の病理』講談社、1997。

川本徹　『荒野のオデュッセイア』みすず書房、2014。

小谷野敦『聖母のいない国』河出書房、2008。

斎藤美奈子『紅一点論』ちくま文庫、2001。

清水節　「楽園を彷徨う父性のゆくえ」『キネマ旬報 1611 号』

キネマ旬報社、2012。

竹村和子　『愛について』岩波書店、2002。

中島由紀子　「ジョージ・クルーニー / インタビュー」『キネマ旬報 1611 号』キネマ旬報社、2012。

長谷川町蔵　山崎まどか『ハイスクール USA アメリカ学園映画のすべて』国書刊行会、2006。

林道義　『父性の復権』中公新書、1996。

伏見憲明　『プライベート・ゲイ・ライフ』　学陽書房、1991。

森岡正博　『最後の恋は草食系男子が持ってくる』マガジン・ハウス、2009。

冷泉彰彦　『民主党のアメリカ　共和党のアメリカ』　日本経済新聞出版、2016。

ガートナー、リチャード・B.『少年への性的虐待—男性被害者の心的外傷と精神分析治療』宮地直子・岩崎直子・村瀬健介・井筒節・堤敦朗訳　作品社、2005。

カプラン、アン『フェミニスト映画』水田宗子訳　田畑書店、1985。

カプラン、アン『フィルムノワールの女たち』水田宗子訳　田畑書店、1988。

キャンベル、ジョーゼフ『千の顔を持つ英雄　上・下』倉田真木・斎藤静代・関根光宏訳　早川書房、2016。

ショウ、ジュリア　『悪について誰もが知るべき１０の事実』服部由美訳　講談社、　2019。

ストルテンバーグ、ジョン『男であることを拒否する』蔦森樹監修　勁草書房、2002。

セジウィック，イブ・K.　『男同士の絆』上原早苗・亀澤美由

紀訳　名古屋大学出版会、2001。

ドーン、メアリ、アン　『欲望への欲望』松田英男監訳　勁草書房、1994。

ナサンソン、ポール　キャサリン・K. ヤング　『広がるミサンドリー』久米泰介訳　彩流社、2016。

バダンテール、エリザベート『ＸＹ男とは何か』上村くにこ・饗庭千代子訳　筑摩書房、 1997。

バダンテール、エリザベート『迷走フェミニズム』夏目幸子　新曜社、2006。

バロン＝コーエン、サイモン　　『共感する女脳、システム化する男脳』　三宅 真砂子訳　NHK 出版、 2005。

ファレル、ワレン　『男性権力の神話』久米泰介訳　作品社、2014。

フィードラー、レスリー　『アメリカ小説における愛と死』佐伯彰一他訳　新潮社、1989。

ブライ、ロバート　『アイアンジョンの魂』野中ともよ訳　集英社、1996。

フリーダン、ベティ　『新しい女性の創造』 三浦 冨美子訳　大和書房、2004。

フロッカー、マイケル　『メトロセクシャル』伊藤あや子訳　ソフトバンク、2004。

ペリー、グレイソン『男らしさの終焉』小磯洋光訳　フィルムアート社、2019.

マルヴィ、ローラ　「視覚的快楽と物語映画」岩本憲児・武田潔・斎藤綾子編『「新」映画理論集成Ⅰ ── 歴史・ジェンダー・人種』 斎藤綾子訳　フィルムアート社、1992 年 pp.126 ─

141。

ムーア、ロバート／ダグラス・ジレット 『男らしさの心理学』
中村保男訳 ジャパン・タイムズ、2005。

Armstrong, Christopher J. *Reading Contemporary America* 松柏
社 2010.

Benshoff, Harry M. and Sean Griffin. *America on Film*. Hoboken:
Wiley-Blackwell, 2009.（kindle）

Bramesco, Charles.（2016）. 'Of Course' Luke Skywalker Is
Gay, Confirms Mark Hamill, Echoing Thousands of Fan-Fiction
Prayers. Retrieved March5, 2016, from http://www.vanityfair.
com/hollywood/2016/03/mark-hamill-luke-skywalker-gay

Brooker, Will.（2009）. *Star Wars*. London: Palgrave Macmillan.

Deangelis, Michael*Reading the Bromance Homosocial
Relationships in Film and Television.* Detroit: Wayne State
University Press, 2014.

Cheu, Johnson. *Diversity in Disney Films: Critical Essays on Race,
Ethnicity, Gender, Sexuality and Disability* North Carolira:
McFarland 2013.

Christesen, Paul. Dreams of Democracy, or the Reasons for
Hoosiers' Enduring Appeal

 The International Journal of the History of Sport London:
Routledge 2017 August 22.

Dyer, Richard. *Whiteness*. London: Routledge, 2006.

Easthope, Antony. *What A Man's Gotta Do* London: Paladin
Grafton Books 1986.

Kimmel, Michael. *Manhood in America*. New York: Oxford

University Press, 2006.

McDowell, John C.（2016）. *Identity Politics in George Lucas's Star Wars*. North Carolina: McFarland & Company.

Mellen, Joan *Big Bad Wolves*. London: Elm Tree Books 1978.

Nicolosi, Joseph and Linda Ames Nicolosi *A Parent's Guide to Preventing Homosexuality* illinois: InterVarsity Press, 2002.

Plotz, Barbara. *Fat on film* New York: Bloomsbury Academic, 2020.

Rehling, Nicola. *Extra-Ordinary Men: White Heterosexual Masculinity in Contemporary Popular Cinema*. Mangland: Lexington Books, 2009.

Rosin, Hanna. *The end of men and the rise of women* New York: Viking 2012.

Ruppert, Jeanne. *Gender and Cinematic Representation* Gainesville: University Press of Florida 1994.

Shary, Timothy. *Millennial Masculinity: Men in Contemporary American Cinema*. Detroit: Wayne State University Press, 2013.（kindle）

Ward, Jane. *Not Gay* New York: NYU Press 2015.

White, Miles. *From Jim Crow to Jay-Z Race, Rap and the Performance of Masculinity* illinois: University of Illinois Press 2011. p.22

初出

【2019 年映画レビュー】劇場版『おっさんずラブ』に学ぶ、LGBT を " 線引き " しないということ

（https://www.cyzowoman.com/2019/12/post_261652_1.html）

映画特集【特別編】

『ムーンライト』はゲイ映画じゃない？　ハリウッドにおける“被害者の権力”

https://www.premiumcyzo.com/modules/member/2017/12/post_8049/

「映画『ファミリー・ツリー』試論　21世紀の男らしさ」京都外国語大学英米語学科研究会　『SELL』30号　223頁〜235頁。

「同性愛映画としての『ショーシャンクの空に』」映画英語教育学会　『映画英語教育研究』　20号　137頁〜147頁。

「調整される男性性：ハリウッド映画『8マイル』を中心に」日本ジェンダー学会　『日本ジェンダー研究』　20号　55頁〜64頁。

「かわいいマッチョ：ザック・エフロンの主演映画に見る21世紀の男性裸体」国際言語文化学会　『京都外国語大学日本学研究』　第3号（1）　21頁〜30頁。

「映画『マジック・マイク』で考える２１世紀ハリウッド映画の男性表象」日本ジェンダー学会　『日本ジェンダー研究』18号91頁〜101頁。

「1980年代のメイル・ボディ」単著　京都外国語大学　『研究論叢』　90号　233頁〜241頁。

「LGBTのメタファーとしての『スター・ウォーズ／フォースの覚醒』」映画英語教育学会　『映画英語教育研究』　22号189頁〜200頁。

「男性性の傷つきに敏感なジェンダー臨床論のために」（中村正との共同研究）対人援助学会全国大会（4回〜11回ポスターセッション）。

あとがき

　私が住んでいるのは、京都市の中京区です。京都の中心部なので映画館に行くには極めて便利です。歩いて5分くらいのところにも映画館があるので、レイトショーも気軽に行けます。京都にはミニシアターが4館ありますが、全て30分以内で行ける距離です。この頃は映画館もあれこれサービスをしていて、6本見れば無料のところもあれば、会員は随時1000円というところもあります。私は50代後半なので、シニア（55歳以上）割引の劇場もあります。

　NetflixとAmazonプライムにも入っているので、自宅でも常に新しい映画は見ることができますし、家には膨大な数のDVDがあります。どうしても見つからない映画は宅配レンタル。この頃古い映画やマイナーな映画もソフト化が進んでいますし、日本未公開作はAmazonで外国から取り寄せることができます。映画ライフは充実しています。

　考えてみると中学の頃から映画は私の家族のような存在でした。とりわけアメリカ映画に惹かれていたので、それが英語を勉強したいという欲求につながり、アメリカ留学にもつながりました。そして30年近く、大学の非常勤講師として主として英語を教えています。映画との出会いがなかったら、ここまで英語を勉強したいとも思わなかったでしょうし、アメリカの文学や文化、歴史や地理を知りたいとも思わなかったでしょう。映画のおかげで私の人生は大きく展開していきました。

　その一方で、私はジェンダーの問題にも囚われていました。子供の頃から「男のくせに」「男らしくしろ」と言われるのが

大嫌いだったにも関わらず、アメリカ映画が何よりも好きだった私は、男っぽさに反発しながらも、マッチョなヒーローを憧憬するという矛盾した心理を抱え込んでいました。そのもやもやした思いを解消するために夢中でジェンダーの勉強をしてきました。

　幸い、確実に世の中は良い方向に向かっています。私の教え子たちに時々ジェンダーの話をふることがあるのですが、この頃は、「私は結婚後も仕事をしたいと思っているから家にいてくれる男性の方がいい」という女子学生はいますし、「あまり仕事したくないから、逆玉にのりたい」という男子学生もいます。またこの頃はそもそも結婚なんかしたくないという学生も増えています。「結婚してしまうと、自分の好きな時間にご飯を食べて、お風呂に入って、眠ってという生活ができなくなる」「一人の人と何十年も暮らす自信はない」と思っているみたいです。もちろん、伝統的な生き方を志向する子もいますが、それはそれで構わないのです。問題は当人が自分に合った生き方を選択できる世の中になることです。個々の違いを認め合える世の中になれば、人生は心地よくなるはずです。これからのキーワードは「多様性」なのです。

　この本は私にとっては３冊目の単著になります。

　一冊目の『マッチョになりたい！？　世紀末ハリウッド映画の男性イメージ』（彩流社）は、タイトルはポップですが、それまで大学や学会の論文集に出したものを結実させた学術本です。

　二冊目の『ＢＬ時代の男子学　20世紀ハリウッド映画に見るブロマンス』（近代映画社）は、新書ですから、映画好きの

人が電車の中などで軽いノリで読めるものとして書きました。

　そして、今回は映画やジェンダーの初心者の人たちを読者に想定して書いたつもりです。うまく読者の人の心に届くことを祈るのみです。

　今回の本の協力者として、京都産業大学教授の伊藤公雄先生の名前を挙げておかなくてはなりません。伊藤先生とはもう25年くらいの付き合いです。お忙しい先生なのですが、メールでわからないところを質問すると即座に返信してくださいます。男性学の第一人者であるのと同時にオールラウンドに博識な先生なので、私にとっては、困った時の百科事典みたいな人です。今回も本当にお世話になりました。

　また、男性ジェンダーに関しては、対人援助学会のポスター発表で8年間にわたって行ってきた「男性性の傷つきに敏感なジェンダー臨床論のために」で理論を整理してきました。これは立命館大学教授の中村正先生との共同研究です。中村先生にも感謝したいと思います。

　そして、この本を出すチャンスを与えてくださった、英宝社の佐々木元さん、下村幸一さんに心から感謝しています。

　末筆ですが、この本を書いている最中に京都大学名誉教授の加藤幹郎先生の訃報が入りました。加藤先生は日本の映画学の発展に大きな足跡を残された人です。20年くらい前までは日本の大学で映画を勉強することはできなかったのですが、今は映画の研究をしている人はたくさんいます。これは加藤先生の功績によるものが大きいです。加藤先生は寡黙な人でしたが、私は可愛がっていただき、お好み焼き屋や居酒屋で、二人で話した日のことを思い出します。まだ63歳という若さでした。

心よりご冥福をお祈りしたいと思います。

　2021 年 1 月　　　　　　　　　　コロナ禍の京都にて

　　　　　　　　　　　　　　　　　　　國友万裕

著者略歴

國友万裕（くにとも・かずひろ）

1964 年生まれ。京都市在住。

京都大学・同志社大学・龍谷大学・京都女子大学・同志社女子大学
などで、非常勤講師を勤める。専門はアメリカ文学・映画・ジェン
ダー。著書に『マッチョになりたい⁉　世紀末ハリウッド映画の男
性イメージ』（彩流社）『BL 時代の男子学～ 21 世紀のハリウッド映
画に見るブロマンス～』（近代映画社）などがある。

マスキュリニティで読む21世紀アメリカ映画

2021 年 3 月 30 日　初版　　　　　　　　2023 年 3 月 31 日　3 刷

著　　者 © 國　友　万　裕

発　行　者　佐　々　木　　元

制作・発行所　株式会社 英　宝　社

〒 101-0032 東京都千代田区岩本町 2-7-7
☎ [03]（5833）5870　Fax [03]（5833）5872

ISBN 978-4-269-73051-9 C3098
［印刷・製本：モリモト印刷株式会社］